좋아서 하는 일에도

돈은

필요합니다

좋아서 하는 일에도

돈 은

필요합니다

이 랑

에세이

창비

꾸준히, 들쭉날쭉한 마음으로

저에게 한 권의 책을 만드는 작업은 한 명의 편집자와 천천히 관계를 맺어 가는 과정입니다. 처음 책을 만들 때는 편집자가 무슨 일을 하는 사람인지 몰라 그만큼 고마움도 신뢰감도 덜했던 것 같습니다. 첫 책의 첫 교정지를 받고서는 내가 열심히 쓴 글에 왜 이렇게 빨간 줄이 많이 그어져 있는지 기분 나쁘게만 여겼습니다. 그때의 저를 생각하면 부끄럽고 첫 책의 편집자에게는 미안한 마음뿐입니다. 두 번째, 세 번째 책을 만들면서는 편집자와 소통하고 교정지를 주고받는 일이 책을 만드는 과정에서 가장 좋아하는 일이 되었습니다.

이 책은 『나다운 페미니즘』(창비 2018)에 공저로 참여하며 만난 이현선 편집자와 함께 만들었습니다. 제가 만난 편집자 중에는 엽서를 자주 보내는 분도, 문자를 자주 보내는 분도 있지만 현선 님은 항상 깔끔하게 정돈된 조금 긴 메일을 보내셨습니다. 자주 연락을 주고받지는 않아도 적절한 시기마다 메일이 도착했기에 저의 마음과 머리 한켠에 그 내용이 또렷이 남아 일을 진행하는 데 도움이 됐습니다. 현선 님이 보내는 메일의 시작은 언제나 '이랑 선생님께'였습니다. 제가 뭘 가르쳐 드린 적이 없기에 선생님이라는 호칭이 어리둥절했으나, 그럼에도 '이랑 선생님께'로 시작하는 메일을 여러 번 정독하고 나면 마음이 차분해지고 다음 할 일이 떠오르곤 했습니다.

글은 오랫동안 천천히 쓰고 모았습니다. 책을 계약할

때 받는 선인세 말고는 원고를 쓰는 동안 책에서 나오는 수입이 따로 없기에 매달 생활비를 충당할 다른 일을 이것저것 하다 보니 원고를 모으는 데 시간이 오래 걸렸습니다. 이 책에는 국내 잡지에 실었던 글도, 일본 문예지에 실었던 글도 일부 들어 있습니다. 그렇게 여러 해에 걸쳐 각기 다른 마음으로 쓴 글들이 하나로 묶인 첫 번째 교정지를 읽어 보았을 땐 부끄러움이 제일 먼저 찾아왔습니다.

　어떤 글에서는 내가 나를 소재로 이야기를 만들며 '이렇게 잘하고 있다'고 자신감이 넘치다가도 다른 글에서는 무기력감과 자기혐오에 허우적대는 게 보였습니다. 이런 들쭉날쭉한 이야기를 누군가 읽는다고 생각하니 부끄러워 참을 수가 없었습니다. 걱정에 휩싸여 일관되게 멋진 말들만 모으고자 원고를 넣고 빼기를 번복할 때마다 편집자님이 중심을 잡아 주었습니다. "이거 뺄까요? 아닌가, 넣을까요? 아닌가……. 저는 왜 이럴까요?" 질문을 잔뜩 넣은 교정지를 우편으로 보내면 얼마 뒤,

"걱정하지 마세요. 그때마다의 마음이 진솔하게 느껴져 좋다고 생각합니다." 말 맺음이 깔끔한 교정지가 돌아왔습니다.

마지막 교정지를 펼쳤을 땐 이현선, 정소영 두 분 편집자님이 나타나 종이 위에서 대화를 나누고 있었습니다. 유난히 마음이 시끄러워 잠이 오지 않던 새벽, 연필로 쓴 현선 님의 메모와 파란 볼펜으로 쓴 소영 님의 메모를 읽다가 눈물이 터졌던 때는 이 책을 만들며 잊을 수 없는 순간 중 하나입니다. 최종본에는 지워진 연필 글씨와 볼펜 글씨로 가득한 두툼한 교정지가 제겐 이 책의 완성본입니다. 저만의 완성본인 마지막 교정지를 우편으로 부치면서 '내가 갖고 싶다……' 생각했습니다. 그렇게 마지막 교정지를 떠나보내고 이제 이 글까지 보내고 나면 곧 모두에게 완성본인 책이 세상에 나오겠네요. 이 또한 설레는 일입니다.

전 사실 '좋아서 하는 일'보다 '먹고사는 일'을 우선하며 살고 있습니다. 그렇게 먹고사는 일을 정신없이 하다 보면 그 일에서 '좋아하는 과정'이 생기곤 합니다. 책을 만드는 일에선 교정지를 주고받는 과정이 제일 좋고, 저는 그 과정을 기대하며 또 다른 책을 만들기 시작할 것 같습니다. 그때가 올 때까지 다시 들쭉날쭉한 저로 돌아가 꾸준히 살고 꾸준히 기록하고 있겠습니다. '이랑'의 역사상 두 번째 에세이집을 발표하게 되어 무척 기쁩니다.

먹고사는 일을 하느라 바쁜 모든 분들, 오늘도 좋은 하루 보내세요!

2020년 여름
이랑

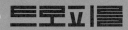

1부 트로피를

경매에 부친 날

트로피를 경매에 부친 날

2017년 2월 28일. 서울에서 열린 제14회 한국대중음악상에서 나는 '신의 놀이'로 최우수 포크 노래상을 받았다. 이날 정규 2집 앨범 「신의 놀이」는 최우수 포크 앨범 부문, 동명의 타이틀곡은 최우수 포크 노래 부문의 후보였다. 시상식이 열리기 3주 전에 참석 여부를 묻는 이메일을 받았고, 수상 여부는 미리 알 수 없었다. 나는 2013년에도 1집 「욘욘슨」의 타이틀곡 '잘 알지도 못하면서'로 최우수 모던록 노래 부문 후보에 올랐는데, 당시에는 시상식에 참석하지 않았고, 다행히(?) 수상도 못했다. 하지만 2016년 10월에 발매한 정규 2집 「신의 놀이」에 대해서는 스스로도 자신이 있었고, 이번엔 두 부문의 후보이니 시상식에 한번 가봐야겠다는 생각을 했다. 하지만 그전에, 언제나 그렇듯 최악의 상황을 먼저 떠올렸다.

일단 상을 못 받는다는 가정을 해 보니, 시상식 날 하루가 굉장히 아깝겠다는 생각이 들었다. 나는 아침에 일어나 얼굴의 부기를 빼고 샤워를 하고 머리를 만지고 화장을 하고, 깨끗하고 좋아 보이는 옷을 입고, 굽이 있는 구두를 챙겨 신을 것이었다. 평소엔 화장도 하지 않으면서, 이날만 꾸밀 필요가 있나 싶지만 당일이 되면 그렇게 꾸밀 거라는 걸 알고 있었다. (그것은 그간 공식적인 자리나 중요한 날 '꾸미지 않고 나오는 여자'에 대한 수많은 비난들을 겪으며 자연히 그렇게 된 것이기도 하다.) 열심히 꾸미고 시상식장에 간 나는 두세 시간 동안 기대감에 차 앉아 있을 것이다. 그러다 결국 수상하지 못하면, 긴 시간 허망한 기분으로 박수만 치다가 돌아올 것이다. 심술 난 얼굴로 밖에 나와, 같이 간 앨범 제작사 대표와 공연 기획자에게 밥 먹자는 소리도 못하고 따로따로 택시를 잡아타고 집에 돌아오게 될 생각을 하니 정말 싫었다.

시상식 날 아침, 눈은 떴지만 몸은 일으키지 않은 채 아직 수상 여부를 모르는 수상 소감을 뭐라고 하면 좋을까 생각해 봤다. 십 대 때부터 프리랜서 창작자로 살아오면서 누군가에게 '명예와 권위'를 달라고 부탁한 적도 없는데 (물론 준다면 고맙게 받겠지만) 이날 하루를 이 행사를 위해 써야 한다는 것이 여전히 마음에 걸렸다. 핸드폰을 열고 은행 앱에 접속해 통장 잔고를 훑어보았다. 1월의 총 수입을 계산해 보니 42만 원이었다. 2월의 수입은 96만 원이었다. 뮤지션으로, 영상 제작자이자 감독으로, 작가와 만화가로 게다가 선생님으로까지 한 달에 이틀 이상 쉬는 날도 없이 바쁘게 살고 있는 스스로의 뒤통수를 후려치는 숫자였다. 나는 트위터를 켜고 이 숫자들을 적었다.

1. 1월과 2월의 수입을 체크해 봤다. 1월에 42만 원 벌었고 2월에 96만 원 벌었다. 그런데 나는 1월과 2월에 미친 듯이 일만 했다. 사람들은 내가 뭘 많이 내니까 (책, 음반) 돈을 잘 버는 줄 안다.

2. 한 달의 반 이상을 이런저런 사람들과 이런저런 일들을 논의하는 '미팅'으로 보내고 주 1회 강의하고, 원고 몇 개 송고하면 한 달이 끝난다.

3. 솔직히 미팅이 중요하긴 하나, 미팅 자체가 당장의 수입으로 치환되지 않는다. (상대방은 월급을 받는 경우가 많지만.) 그러니까 솔직히 미팅 때 나 밥 좀 사 줬으면 좋겠다.

4. 잡지 인터뷰나 촬영도 겉으로는 멋들어져 보이나, 페이가 없다. 차비도 없다. 여러분은 그것을 모른다. 이것은 정말 문제다. 나는 잡지에 잘 나온 사진들만 남기고 굶어서 죽을 수도 있다.

이렇게 트윗을 올려놓고 시상식에 갈 준비를 시작했다. 같이 가는 앨범 제작사 대표와 공연 기획자에게 "상금도 없는 상, 받을지 안 받을지도 모르지만 만약에 받게 되면 그 자리에서 경매로 팔아서 돈으로 바꿔 갈 것이니 두 사람이 바람잡이를 맡아 달라." 하고 미리 말해둔 상태였다. 내가 수상하게 되면, 트로피 경매 시작가를 우리 집 월세인 50만 원으로 해 기획자 친구가 51만 원, 제작사 대표가 53만 원을 불러 점점 가격을 높여 팔아 볼 생각이었다. 시상식이 시작되고 한 20분 정도 지났을까, 금방 포크 부문 시상 순서가 돌아왔다.

"2017 KMA 한국대중음악상 최우수 포크 노래, 이랑, 신의 놀이!"

내 이름을 부르는 소리에 자리에서 일어나 무대로 올라갔다. 시상자에게서 트로피를 전달받고 무대 중앙에 있는 마이크 앞에 서서, 수상 소감을 말했다.

"안녕하세요. 저는 이랑입니다. 제 친구가 최근에 '돈, 명예, 재미' 세 개 중에 두 가지 이상 충족되지 않으면 하지 말라고 했거든요? 근데 오늘 이 시상식은 두 가지 이상 충족이 안 되더라고요. 보니까 상금이 없더라고요. 지금 저는 상을 받아서 다행히 명예는 충족이 된 것 같은데, 재미는 없고. 상금을 안 주기 때문에 돈이 충족이 안 되기 때문에……

아, 명예는 감사합니다. 제가 오늘 트위터에도 썼는데 1월에 수입이 42만 원이더라고요. 음원 수익이 아니라 전체 수입이 42만 원이고, 2월에는 조금 더 감사하게 96만 원이더라고요. 이렇게 어렵게 아티스트 생활을 하고 있으니까 여러분들이 상금을 주시면 감사하겠는데, 이 상이 상금이 없기 때문에 제가 이걸 팔아야 될 것 같습니다. 지금 이 상품을 보시면 굉장히 인테리어로도 훌륭한 메탈릭한 디자인의 네모난 큐브형의 대중음악상 상패입니다. 여기 보시면 '이랑—신의 놀이' 이런 글자도 박혀 있고요. 이거 제작하는 데 단가가 얼마나 들었을지 잘 모르겠지만, 제가 월세가 50인데, 월세를 내야 되기 때문에 50만 원부터 경매를 시작하도록 하겠습니다. 자, 50! 50 이상 없으신가요? 집 안에 메탈릭 디자인 소품으로 쓰실 수 있는 한국대중음악상 상패를 가져가실 수 있는 절호의 기회입니다."

그러자 제작사 대표가 손을 들고, 경매에 참여했다. 하지만 그 뒤로 다른 참여자가 나오지 않았고, 나는 객석에 앉은 사람들의 얼굴을 둘러보다 '아차!' 싶은 생각이 들었다. 맞다, 이 사람들은 다 나와 비슷한 처지였지. 아침부터 얼굴 매만지고 좋은 옷을 입고 여기에 앉아 있지만, 우리는 모두 한국에서 태어나 살고 있는 창작자들이지. 그 생각을 하니 빨리 경매를 접어야겠다는 마음이 들었고, 나는 손을 들고 있는 제작사 대표에게 50만 원인지 확실하지 않은 현금 뭉치를 받고 트로피를 넘겨주었다.

"감사합니다. 저는 오늘 명예와 돈을 얻어서 돌아가게 되었습니다."

그때 사회자가 끼어들었다.

"재미도 얻으셨어요!"

나는 이렇게 대답했다.

"아, 재미는 저는 없고요. 여러분들이 재미를 얻으셨으니까, 감사드리고요. 다들 잘 먹고 잘사세요. 저는 잘 먹고 잘살겠습니다."

나는 현금 다발을 높이 흔들며 무대 뒤로 퇴장했다.

줄 수 있는 것

이거 주세요

지난번에도
사셨던 거네요

네!
파이팅입니다

0의 의미

5월은 일 년에 한 번 종합 소득세를 내는 달이다. 국세청 사이트에 들어가 확인하니 내 인생 처음으로 종합 소득세가 플러스가 나왔다. 그동안은 항상 마이너스가 나왔고, 매년 돈을 돌려받았는데 올해는 36만 원을 세금으로 내야 했다. '내가 무슨 돈이 있다고!' 생각하며 소득으로 잡힌 것들을 훑어보았다. 작년 한 해, 내가 어떤 일을 하고 어떤 돈을 벌었는지 열심히 찾았다.

웹 드라마 각본·감독 페이

방송 출연료

단편소설 연재료

책 계약금

에세이 증쇄 인세

「신의 놀이」 앨범 인세

이런저런 공연료

이런저런 강의료

이 돈을 100퍼센트 내가 번 것은 아니다. 공연료 같은 경우는 내가 한꺼번에 받아서 멤버들에게 나눠 주기 때문이다. 그런 일이 잦다. 각본료도 내가 한꺼번에 받아서 공동 작가에게 전달하기도 한다. 그런 식으로 하면 안 되고, 영수증을 떼거나 세무사를 통해서 뭔가 해야 된다고는 들어서 알고 있다. 하지만 10만 원, 20만 원, 30만 원씩 덜어 주면서 항상 까먹는다.

올해 나에게 돈을 빌려간 친구들이 있다. 친구들이 돈

이 없는 것을 잘 알고 있기에 되도록 그냥 주고 싶다. 물론 그렇게 살면 내가 나중에 심각해질 수도 있다는 것을 알지만 생각하고 싶지 않다.

돈이 없을 때는 하루의 먹거리가 걱정이고 월세와 학자금 대출 이자 등이 목을 조르지만 내게 필요한 돈보다 여유가 있을 때 통장의 숫자를 읽어 보면 그저 0이 몇 개, 3이 몇 개, 5가 몇 개구나, 하는 식으로 읽힌다. 그런 동그라미들을 당장의 일상이 어려운 친구들에게 주는 것이 무어가 문제인지 싶다. 나에게 필요한 동그라미는 200인데, 내게 2000이 있으면 0 하나를 떼어서 주는 게 별로 큰 문제로 느껴지지 않는다. 최근에는 그렇게 0 하나를 떼어서 주기도 하고 빌려주기도 했다. 작년에 많은 일을 한 만큼 내게 0의 여유가 있었기 때문이다.

헌데 0을 그냥 떼어 주는 경우와 달리 '빌려주는' 경우에 자꾸 문제가 생기는 것 같다. 0을 떼어 주는 경우에는 친구의 아등바등한 일상을 응원하기 위해 선물하는 것이지만 빌려주는 경우에는 저쪽에서 먼저 요청이 오고

"갚겠다."라는 말이 따라붙기 때문이다. 올해, 내가 빌려준 돈은 전혀 회수가 되고 있지 않다. 이를 통해 급히 돈을 빌리는 사람의 마음도 괴롭지만 갚는 것을 기다리는 시간도 괴롭다는 것을 새롭게 알게 되었다. 그것은 작년에 열심히 벌어 둔 돈으로 평소보다 많은 0을 갖게 된 이후의 새로운 경험이었다. 빌려주고 갚는 일은 양쪽에게 다 괴로운 일임을 알았기에 앞으로는 그냥 주는 것만 하고 빌려주는 일을 하지 말아야겠다고 생각했다.

그렇게 생각을 정리했는데 올해는 영 돈을 못 벌고 있다. 작년에 너무 많은 일을 해서 그런지 일을 할 엄두가 안 나고 계속 무기력하다. 다행히 작년에 번 돈이 남아서 그 돈을 쓰고만 있는데 0이 사라지는 속도를 보면 가끔 가슴이 따끔거린다.

나의 가격은 어떻게 정해지는가, 아니 어떻게 정하는가

매일의 업무 중 가장 많은 시간을 차지하는 것은 각종 메일에, 그리고 각종 메시지에 답을 하는 일이다. 얼마 전 도쿄에 출장을 갔는데 그곳에 머무는 내내 서울에서 연락이 왔다. 새로운 공연 의뢰, 곧 있을 공연이나 행사 등을 조율하기 위한 메일들. 그리고 잊고 미뤄 둔 일들을 다시 인지하게끔 하는 연락들이 매일 쏟아졌다. 짐이 무거워 노트북을 가져가지 않은 데다 도쿄의 일정으로 제대로 답장할 시간과 정신적 여유가 없었기 때문에 일단 읽기만 하고 돌아가서 대답하기로 마음먹었다. 하지만 결국 카카오톡과 페이스북 전화로 급히 결정해야 할 일들이 생겼다.

도쿄의 일들로도 바빠 하루에 두 시간만 자고 일어나 일정을 소화해야 했다. 매일 밤 다음날 가야 할 곳을 미리 지도로 검색해 길을 찾아 놓고, 만나야 할 상대의 정보를 검색하고 새로 알게 된 뮤지션의 음악을 듣고, 번역기의 도움을 받아 여러 아티스트의 인터뷰를 읽었다. 항상 너무 많은 일을 혼자 해내야 한다.

비서가 있으면 좋겠다.

매니저가 있으면 좋겠다.

하지만 그들을 고용할 능력이 내게는 없다. 이렇게 한 사람이 소화하고 뱉어 낼 수 없을 정도로, 아니 소화도 안 되어 다시 역류할 정도로 일이 많은데, 왜 나에게는 비서나 매니저를 고용할 능력이 없을까.

언제나 돈은 느지막이 들어온다. 공연이나 행사 출연료는 신분증과 통장 사본을 보낸 뒤 짧게는 2주, 보통은 한 달 정도 후에 지급된다. 잡지에 기고한 글의 고료는 잡지가 나온 다음 달 말에야 정산이 된다. 잡지가 나오기 한 달 혹은 두 달 전 미리 송고한 원고의 원고료를 받을 때까지 길게는 세 달, 네 달이 걸리기도 하는 것이다. 잡지의 고료는 15~20만 원, 그보다 조금 더 많이 받을 때도 있지만 그런 일은 별로 없다. 나는 그 15~20만 원을 꼭 받아야 한다는 사실을 네 달 동안 기억해야 한다.

서울에서 벌어지는 토크 이벤트나 특강 출연료는 나의 경우에는 대체로 30만 원이다. 주최 측이 어디든 약속이나 한 것처럼 30만 원인 것에 대해, 서울 사회에서 책정된 그 금액의 기원이 궁금할 따름이다. 일회성 이벤트가 아닌, 연속으로 한 달이나 두 달에 걸쳐 하는 강의는 보통 한 시간에 5~10만 원 사이다. 강의를 두세 시간 정도 진행하기 때문에 하루에 최대 30만 원을 받게 되는 것이지만 30만 원을 꽉 채워 받은 적은 아직까지는 없다.

서울 사회에서 프리랜서 작가에게 원고료로 건당 15~20만 원을 주자는 약속은 언제 정해졌을까? 지방의 경우도 서울의 기준에 맞추고 있을까? 일본에서 일을 해 본 결과, 그쪽 사정도 서울과 마찬가지였다. 일본에서 받은 원고료도 대부분 건당 15~20만 원, 추천사는 10만 원이었고 인터뷰 페이도 서울과 비슷하게 받았다.

스스로 인터뷰 페이를 책정한 것은 한국대중음악상 트로피를 판 2017년부터이다. 그날 이후 프리랜서 작가로 먹고사는 문제에 대해 많은 생각을 했고, 늦은 감이 있지만 지금부터라도 인터뷰 페이를 요청해야겠다고 생각했다.

데뷔 이후, 종종 인터뷰라는 이름의 노동을 하는 기회가 있었다. 주로 새로운 작품이 나온 뒤 인터뷰 요청을 받았지만, 때로는 매체의 기획에 따라 시기에 상관없이 인터뷰가 잡혔다. 1집 앨범을 내고 수많은 매체와 인터뷰를 하며, 이 인터뷰라는 이름의 노동에 페이가 없다는 사실을 다음과 같은 이유로 납득해야만 했다.

'홍보를 위해서.'

인터뷰라는 시스템은 예전부터 그렇게 '노 페이'로 돌

아갔던 모양이다. 하지만 '이랑의 인터뷰'라는 노동에 수년째 참여하면서 인터뷰이인 나 이외의 다른 모든 스태프들이 급여를 받고 일한다는 사실을 알게 되었다. 이랑의 사진을 찍는 포토그래퍼, 이랑의 얼굴에 화장을 해주는 메이크업 아티스트, 이랑의 머리를 만져 주는 헤어 아티스트, 이랑에게 옷을 입히는 스타일리스트, 이랑에게 질문을 던지고 대답을 녹음하고 이를 바탕으로 기사를 작성하는 에디터. 다른 이들 모두 급여를 받는데, 내가 요청한 것도 아니고 요청을 받고 하는 노동인 '이랑의 인터뷰'에 '이랑' 혼자만 급여를 받지 못하는 것은 어째서일까. 노동의 타이틀에 내 이름이 들어가서 그런 걸까. 거듭되는 의문을 지울 수가 없었다.

종종 인터뷰 사진 촬영을 할 때, 협찬 브랜드 옷을 입고 화보에 가까운 사진을 찍을 때면 이것은 '모델'이라는 직업의 사람들이 하는 노동과 별반 다르지 않다는 생각이 들었다. 가까운 사이인 패션 에디터에게 잡지 화보에 나오는 모델의 출연료를 물어봤다. 에디터는 "보통은 20만 원인데 랑이 네가 제일 좋아하는 톱 모델 ○○○의 경우는 30만 원을 받기도 해."라고 솔직하게 대답해 주었다. 그때부터 내 인터뷰 페이를 20만 원으로 책정해 요청하기 시작했다. (내가 좋아하는 톱 모델 ○○○보다는 싸게 가야 할 것 같았다.) 인터뷰 페이를 책정한 이후, 의뢰가 왔을 때 페이를 이야기하면 상대가 인터뷰를 취소하는 경우도 있고 할인을 요청하는 경우도 있었다. (그리고 나는 잘 깎아 주는 편이다.)

일본에서도 앨범을 낸 이후 몇 개의 인터뷰를 진행했다. 일본 레이블 오너는 꼭 인터뷰 페이를 받아야 한다는 내게 "일본에서는 오히려 레이블이 매체에 돈을 주고 인터뷰를 요청하기도 한다."라고 알려 주었다. 친하게 지내는 도쿄의 몇몇 뮤지션들에게 물어보니, 아무도 인터뷰 페이를 받고 있지 않았다. 내 경험을 이야기하며 지금부터 인터뷰 페이를 요청하면 어떻겠느냐고 묻자, "정말 받을 수 있냐?" 하고 되묻기도 했고, "인터뷰 페이를 요청하면 홍보의 기회가 될 수 있는 인터뷰가 취소

될까 봐 두렵다."라는 말도 했다.

그럼에도 나는 여전히, 그리고 열심히 한일 양국에서 인터뷰 페이를 요청하고 있다. 전에는 별 문제 없이 페이를 지급했던 매체에서 두 번째 인터뷰를 할 땐 지급할 페이가 없다며 인터뷰를 취소하기도 했다. 엊그제는 학교 과제를 하는 대학생과 50퍼센트 할인된 가격에 인터뷰를 했다. 이 20만 원 인터뷰 생활이 언제까지 지속될지 모르겠다. 하지만 더 이상 내 이름이 어느 인터뷰 기획에서도 거론되지 않을 때까지 일단은 힘내서 20만 원을 받기 위해 노력할 것이다.

제발

앗! 이분 지금 나이가
몇이지?!

신이시여, 너무 빨리 데려가지 마소서
넘나 훌륭한 감독입니다, 제발_

포스트잇과 모니터 화면

책상 위에 있는 노트를 펴고 빈자리에 메모를 휘갈겨 쓰고 나서 보니, 작년에 다 쓴 노트였다. 뒤적뒤적 노트에 썼던 글을 몇 개 읽어 보았다. 일기는 '벌써 ○월 하고도 ○일이다'라는 말로 시작되곤 했다. 내가 지금 컴퓨터로 쓰고 있는 이 페이지에도 같은 문장으로 시작되는 글들이 많다. 나는 왜 항상 날짜를 보고 경각심을 가지는 걸까. 하지만 주변에서도 많이들 그런다.

우리는 항상 시간이 빠르게 간다고 놀라고, 그 놀라움

에 대해 서로 공감하고 싶어 한다. 내 주변엔 아무도 막 사는 사람이 없는데 다들 지나간 날에 대한 죄책감이 있다. 누가 그런 죄책감을 가지라고 했을까?

내 책상 모니터 옆에는 포스트잇이 덕지덕지 붙어 있다. 노트북 화면에는 날짜별 스케줄이 띄워져 있다. 노트에는 손으로 캘린더를 그려 스케줄을 적어 두었다. 아이폰 캘린더도 물론 쓰고 있다. 컴퓨터 모니터 옆에 붙은 포스트잇에는 주로 '원고 보내야 할 곳'과 '돈 받을 곳'이 적혀 있다. 노트북 화면 속 날짜별 스케줄에는 라이브, 워크숍, 인터뷰, 토크 등의 행사가 적혀 있다.

행사를 따로 적어 놓은 이유는 무슨 일이 있어도 행사장에 내 신체를 이동시켜야 완수할 수 있는 업무이기 때문이다. 모니터 옆에 붙은 포스트잇 스케줄이 책상 앞에 앉아서 완료할 수 있는 업무인 것에 비해 행사는 그날 그 시간에 거기에 있지 않으면 '큰 사건'이 될 수도 있는, 위험도가 높은 업무다. 결국 원고는 미룰 수 있지만 행사는 절대 미룰 수 없다는 말이다.

얼마 전에 한 회사 관계자가 작업실에 광고 미팅을 하러 왔다. 자연스러운 아티스트의 일상을 찍고 싶다고 하기에 책상을 보여 주며 평소엔 이렇게 앉아 있을 뿐이라고 대답했다. 그는 "무슨 아티스트가 데스크 업무가 있다고 그러느냐."라며 내 책상을 들여다봤다. 모니터 두 개를 연결해 놓고 포스트잇을 살피며 키보드를 두드리는 내 모습을 보고 그는 '아티스트는 무엇인지'에 대해 다시 생각하게 되었을까? 그 광고 촬영은 결국 무산됐다.

몇 년 전에는 한 방송국에서 아티스트의 생활을 다큐멘터리로 찍고 싶다고 연락이 왔었다. 그땐 따로 작업실도 없을 때라서 방 한 칸짜리 집에서 책상에 앉아 있거나 외풍을 막으려고 설치해 둔 텐트 안에 누워 있는 게 다라고 대답했다. 방송 작가는 매우 곤란해했고, 촬영은 없던 일이 되었다. 명색이 아티스트가 앉아서 컴퓨터 화면과 포스트잇을 들여다보는 시간이 대부분이라는 게 실망스러웠던 것일까? 일 년에 수십 개의 행사를 치르려면 당일의 일뿐 아니라 수많은 메일과 문자와 전화가 동반된다는 사정을 그들이 모를 리가 없는데 말이다. 결국 모든 일은 약속을 정하고 그 약속을 지키는 것 아닌가.

그럼에도 불구하고 원고들과 책 계약들은 '이 정도까지 미뤄도 되나' 할 정도로 전부 밀려 있다. 포스트잇을 볼 때마다 반성과 다짐만을 반복한다. '연말까지는 어떻게든 해 보자. 아니야, 연말까지는 너무 바쁘니까 내년에 해 보자. 연말까지 연락이라도 해 두자. 아니야, 저쪽도 잊어버렸을 수 있어. 아닌가? 하루에 쓸 분량을 정해 두고 지켜 가면서 쓰면 어떻게든 되지 않을까.'

어제 오랜만에 친구 은별이랑 통화를 했다. 『IMF 키즈의 생애』(안은별 지음, 코난북스 2017)라는 책을 낸 작가이기도 한 은별이가 "몇 년 동안 책 한 권을 못 끝내는 사람은 앞으로도 책을 못 낼 사람인 거야." 같은 말을 한 기억이 난다. 나는 "맞다! 맞다!" 하면서 폭소했지만 그 말에 찔리기도 했다. 그렇지만 나는 이미 책을 몇 권 낸 사람이기 때문에 엄청나게 찔리지는 않았다. 그나저나 단편소설집은 계속 미루면 진짜 안 될 것 같다. 진짜 빨리 써야겠다. (다행히 썼고, 책으로 나왔다.) 그 다짐을 이렇게 역시나 밀린 에세이 원고에다 쓰고 있다. (이제 이 원고도 출간된다!)

망원동 작업실 1

작업실 가장 안쪽
유주 언니 자리, 좋아 보인다

안녕해

유주 언니가
없을 때
앉아 보았다

마음이 복잡하면 청소를 한다.

←유주
언니

윙~

내가 청소를 하면 유주언니는
안절부절못하다 돕기 시작한다.

후다닥

넌 왜 돈 얘기만 하냐

졸업한 대학교 신문사에서 기고 요청이 왔다. 주제는 '이랑의 무한한 행진'이란다. 예술 학교 졸업 후 사회에서 예술인으로 나름 활동을 이어 가고 있기에 이런 청탁도 오나 싶었다. 그 청탁을 받았던 즈음 굉장히 피곤한 상태였다. 일이 너무 많았고 쉬는 날은 한 달에 하루 이틀 있을까 말까 했다. 프리랜서라는 말의 '프리'가 자유를 의미하지 않는다는 것은 오래전부터 체감하고 있었다.

오랫동안 내 창작의 원동력은 가족에 대한 분노였는

데, 사회에서 직업 예술가로 활동하면서부터는 너무 적은 수입에 더 큰 분노가 생겼다. 이 일을 하며 자주 들었던 말은 "네가 좋아서 하는 일에 왜 자꾸 돈 얘기를 하냐."였다. 내가 지금까지 해 왔고 앞으로도 할 일들은 돈을 벌어 먹고살게 하는 내 '직업'이라는 것을 사람들은 잘 모른다.

어떨 때는 창작 활동보다 증명 활동을 더 많이 해야 하는 것 같다. 유·무형의 창작물을 만들고 파는 것이 내 일이라는 사실을 어떻게 증명할 수 있을까. 예술가, 작가, 아티스트, 이야기 제조업자 등의 이름을 하나씩 실험해 보았지만 별 효과가 없었다. 그리고 언젠가부터 자기소개를 할 때 '자영업자' 혹은 '제조업자'라고 말하게 되었다.

최근에 한 인터뷰에서 "예술 학교가 사회에서 예술인으로 생활하는 데 어떤 도움을 주었나?"라는 질문을 받았다. 청소년을 대상으로 한 강연에서도 비슷한 질문을 많이 받는다. 그럴 때마다 "학교보다는 연대가 중요하다.”라고 대답해 왔다. 지금까지 활동하면서 프리랜서도 동료가 중요하다는 것을 몸소 느꼈기 때문이다. 동료를 찾는 과정이 내겐 점점 중요해진다. 다양한 연령대의, 다양한 직업의 동료를 찾는 일이 너무나 중요하다.

나처럼 싱어송라이터로 활동하는 동종 업계의 인물들을 알아 가는 것은 특히 중요하다. 그들은 자기 밴드 멤버들을 어떻게 대하는지, 몇 명으로 밴드를 구성하고 급여는 어떻게 설정하는지. 곡 작업은 어떤 시간에 어떻게 하는지 등을 더 많이 알고 싶다. 가능하다면 동종 업계에서 비슷한 활동을 하는 사람들끼리 돈에 대해 더 자세한 이야기를 나누고 싶다. 그 '정보값'이 앞으로의 활동에도 중요하다고 생각하지만 '돈은 예민한 문제'라는 인식이 서로의 정보를 나누는 데 큰 걸림돌이 된다.

얼마 전, 인터뷰를 요청해 온 기자에게 페이를 요구하자 “인터뷰는 그렇게 플러스마이너스를 계산하는 자리가 아니다.”라며 기자가 인터뷰를 취소한 일이 있었다.

내 일과 인생에서 왜 계산이 중요한지 처음부터 설명하기가 복잡해 나의 가격 테이블을 SNS에 써 올렸다.

인터뷰 20만 원.

솔로 공연 80만 원.

2인셋 120, 3인셋 150, 5인셋 200만 원.

가격을 오픈한 뒤 동종 업계 사람들과 인디 시장 가격에 대해 이야기를 나누고 싶었지만 이후 이야기가 더 나오지 않았다. 일본에서 활동하며 만나는 뮤지션들에게도 자주 이 주제로 대화를 시도하지만 누구도 정확한 가격에 대해 말하고 싶어 하지 않는다는 인상을 받는다.

내가 일본에 가서 공연 노동을 하려면 15일짜리 '흥행 비자'를 받아야 하고, 거기에는 100만 원 이상의 돈이 든다. 비행깃값은 보통 왕복 30만 원(첼로 세션까지 2인인 경우 60만 원)이다. 숙식비를 포함해 모든 경비를 제하고도 나의 페이와 세션 페이가 확보되려면 200만 원 이상은 받아야 한다. 그 금액이 한 공연만으로는 충당이 안 되기에 한 번 출장에 두세 개의 공연을 하지 않으면 안 된다. 이런 사정을 현지에서 만난 동종 업계 뮤지션들에게 종종 이야기한다. 그러다 하루는 동료 뮤지션에게 "넌 왜 돈 얘기만 하냐."라는 말을 들었다. "그런 점이 아티스트답지 못하다."라는 말도 들었다.

공연이 끝나면 나는 항상 판매 부스로 뛰어가 앨범을 판매하며 사인을 한다. 해외 출장의 경우 경비가 많이 들기 때문에 공연 페이만으로는 부족해, 앨범이나 굿즈 판매 수익을 올려서 부수입을 만들어야 한다. "아티스트 본인이 사인을 합니다!"라고 외치며 서 있으면 관객들이 흥미를 보이면서 다가온다.

나는 걸어 다니는 '정보값'이고 걸어 다니는 활동 증명서인 것 같다.

H의 무용 노동

H는 보광동에 사는 현대무용가다. 실력 있는 현대무용가들이 모인 것으로 추정되는 국립현대무용단 소속이다. 2017년 여름 모어와 줴냐의 결혼식에서 H를 처음 만났다. 결혼식은 한강 변의 윈드서핑장 앞마당에서 열렸고 총 17팀의 릴레이 공연으로 진행되었던 작지만 대단한 행사였다. 오프닝은 모어의 공연이었고 현대무용가들의 춤, 가야금 연주, 뮤지컬 배우의 낭송 등이 이어졌다. 나는 거의 마지막 순서로 '하우스 보광' 식구들과 합창 공연을 했다.

결혼식 이후에도 종종 H를 만났다. 함께 무용 공연을 보기도 하고 비싼 회도 얻어먹었다. 그렇지만 막상 H가 춤을 추는 모습을 모어의 결혼식 이후 본 적이 없는 것 같아, 다음번에는 H의 공연을 꼭 보러 가리라 마음먹었다. 그러나 국립현대무용단 신작은 엄청 인기인지 3일 공연 전석이 이미 매진이었다. 공연 관람을 포기해야겠다고 생각했는데 H가 '오픈 리허설'이 있으니 그걸 보러 와도 된다고 알려 줬다.

벚꽃이 만개했다가 슬슬 지기 시작할 즈음, 집사람 타케시와 함께 국립현대무용단 연습실에 오픈 리허설을 보러 갔다. 본 공연에서는 16곡의 춤을 춘다던데, 리허설에서는 7곡을 보여 주었다. 본 공연의 반 정도 되는 분량의 춤을 추는 내내 H는 정말 엄청나게 힘들어 보였다. H뿐만 아니라 스무 명 정도 되는 모든 무용가들이 정신없이 빠른 스윙 음악에 맞춰 미친 사람들처럼 춤을 췄다. 나는 그 흥겨운 음악에 어우러져 최고로 흥겨운 몸짓을 보이려 애를 쓰는 무용가들을 보면서 내내 마음이 무거웠다. 춤의 지옥도를 보는 느낌이랄까. 현란하고 빠른 스윙 재즈 리듬에 맞춰 16곡을 연달아 춰야 하는 무용가들은 도대체 어떤 시간들을 보내 온 것일까.

H 말로는 작년부터 9개월 정도를 연습했다고 하는데, 그럼에도 불구하고 리허설 후반부에는 모든 무용가들이 지친 표정으로 땀에 젖어 헉헉거렸다. 그 와중에 H가 (그도 리허설이라 가능했겠지만) 벤치에 앉아 가쁜 숨을 몰아쉬면서 큰 소리로 "하아!" 하고 탄식을 하거나 일어나 달려 나오면서 "으악!" 하고 기합을 넣는 게 참 반가웠다. 스무 명 정도의 무용가들 가운데 홀로 괴성을 지르는 H를 보니 절로 웃음이 나면서 마음이 조금 시원해졌다. 말문이 막힌 채 춤을 추는 다른 무용가들도 소리를 질러 줬으면 싶었다. 무용가들의 목소리가 듣고 싶었다. 몸으로 흥겨움을 표현하는 게 얼마나 괴로운지, 보는 사람에게 흥겨움을 전달하기 위해 본인들이 얼마나 애쓰고 있는지, 그리고 두 시간 동안 내내 흥겹다는 것이 실은 불가능한 일임을 그들의 입을 통해 듣고 싶었다.

리허설 중간에 등장해 '청춘의 향연'과 '내일이 없는 듯한 흥겨움'을 보여 주고 싶다고 나지막한 목소리로 작품을 설명하는 머리가 희끗희끗한 예술 감독이 미웠다. H 외에 다른 무용가들 중 그 누구도 소리 내서 말을 하지 않는 게 보는 내내 이상했다.

리허설이 전부 끝나고 건물 앞에서 H와 담배를 피웠다. 헤어지기 전 조금 길고, 조금 세게 포옹을 했다. 나는 H에게 "너의 노동 현장을 잘 봤다."라고 말했고, H는 "내일이 오지 않아서 출근을 안 했으면 좋겠다."라고 말했다. 땀에 젖은 반팔 티셔츠를 입고 건물 안으로 다시 들어가는 H가 눈을 반달 모양으로 하고 손바닥을 펼쳐 힘껏 흔들어 댔다. 그 모습이 그날 본 H의 어떤 동작 중에서도 가장 마음에 들었다.

예술이라는 노동

카이스트에서 연구원으로 일
하는 친구 J가 작업실에 와서 오랜만에 함께 이야기를
나누었다. 오늘 우리가 만난 것은 12월에 있을 퍼포먼스
프로젝트 때문이다. 광화문의 한 미술관에서 열릴 퍼포
먼스 전시 의뢰를 받은 뒤 제일 먼저 뇌 공학 박사인 J에
게 연락했다. 전부터 과학과 연계된 프로젝트를 하고 싶
은 열망이 있었기 때문이다. J가 최근에 연구하고 있는
안면 인식 AI 기술을 이용하면 재미있는 것을 만들 수
있겠다는 생각이 들었다.

노동하는 나의 상태를 데이터로 가감 없이 보여 주면 어떨까? 내가 하는 노동은 크게 작업실에서 하는 데스크 업무와 강의나 공연 등의 행사로 나뉜다. 행사의 경우 마치고 돌아오면 기운이 하나도 없어 무조건 누워서 쉬어야 할 정도로 노동 강도가 세다. 단독 공연은 보통 두 시간이 조금 넘게 진행하는데, 그 두 시간만 일하는 게 아니다. 미리 가서 사운드 체크와 리허설을 하고 밴드와 합을 맞추는 시간, 공연이 끝난 뒤 사람들에게 인사를 하고 사인을 하거나 사진을 찍는 시간까지 모두 더하면 굉장히 피로감이 큰 하루가 된다.

어느 날은 '공연'이라는 노동의 범위를 어디까지 설정해야 할까 내내 생각했다. 나의 경우 소속사도 매니저도 없이 혼자 많은 것들을 조정하고 상대해야 하는데 그 모든 일이 매우 버겁게 느껴질 때가 있다. 무대에서 퍼포먼스만 잘하면 '공연'이 성공한 것일까. 아니면 찾아온 한 명 한 명에게 최대한 감사를 표하고 사인을 하거나 함께 사진을 찍고 악수를 하고 짧은 대화를 나누는 것까지 포함해야 '공연'을 잘 마친 것일까.

작년, 올해 단독 공연을 몇 차례 진행하면서 두 시간이 넘는 무대를 마치고 나면, 나는 경기를 마친 복싱 선수처럼 헉헉거리며 대기실에서 잠깐 숨을 돌리고 관객들과 인사를 하기 위해 다시 밖으로 나갔다. 이후 한 시간 정도 관객들에게 사인과 사진과 악수와 대화를 서비스했다. 여러 번 찾아오는 관객의 얼굴을 기억하고 좀더 대화를 나누거나 이름을 기억하려고 노력하지만, 짧은 시간에 많은 사람들을 만나다 보니 그게 잘 되지는 않는다.

남아 있는 관객들에게 좋은 인상으로 인사를 하려고 노력한 뒤에는 좀비처럼 반쯤 정신이 나간 상태로 집에 돌아오게 된다. 나를 만나러 온 사람들의 기대를 생각하며 행동하려고 노력은 하고 있는데, 이렇게 좀비가 될 정도로 피로한 일을 '공연'이라는 노동 행위에 항상 포함해야 하는 걸까.

하지만 티켓값을 생각하면 무조건 해야 한다는 생각

으로 금방 바뀐다. 3만 5천 원 정도의 티켓값이 누군가에게는 꽤 큰돈이며, 나에게도 그렇게 여겨지기에 자꾸 '서비스'를 떠올리게 된다. 그렇지만 '서비스' 노동을 하는 나의 상태는 과연 어떤 모습일지 그것 또한 궁금하다.

오늘 J는 뇌파 측정기와 안면 인식 프로그램을 가지고 왔다. 나는 뇌파를 측정하는 기계를 머리에 쓰고 카메라에 얼굴을 들이댄 채 안면 인식 프로그램이 읽는 내 표정들을 보면서 이 수치들을 모두와 공유하면 어떨까 상상했다.

퍼포먼스 행사장에서 나는 나의 수치를 기록하는 장치들을 달고 기다린다. 관객들은 한 명씩 내게 다가와 정해진 시간 동안 다양한 행동들을 할 수 있다. 사전에 안내문을 제작해 '이랑에게 해도 되는 행동과 해서는 안 되는 행동'을 정해 놓으면 좋을 것 같다. 1분 이내로 시간을 정하고 나는 한 사람씩 만난다. 그들과 대화를 할 수도 있고 악수를 하거나 함께 사진을 찍을 수도 있다. 그들과 만나서 내가 느끼는 상태와 변화는 나에게 연결

된 장치들이 수치로 기록해 내 뒤쪽에 있는 스크린에 띄울 것이다.

나와 마주 보고 앉은 관객은 자신의 말과 행동이 나에게 어떤 영향을 미치는지 실시간으로 볼 수 있다. 나에게 선물을 주거나 그동안 만나면 하고 싶었던 좋은 감상이나 칭찬을 해 주려고 찾아온 사람도 있을 테고, 나를 싫어하는 이유를 말하려고 오는 사람도 있을 것이다. 그들이 나에게 어떤 것들을 주고 갈지 궁금하다. 다만 행사장에서 누군가가 나의 안전을 책임지고 지켜봐 주면 좋겠다.

나는 언제나 나의 상태를 이야기할 수밖에 없다. 나는 나의 신체와 정신을 굴려 이 사회에서 작동을 하고 살아가기 때문이다. 그리고 또 그렇게 작동하는 나의 상태를 살피고 그것을 말하고 이야기를 찾아 나설 수밖에 없다. 정말 그럴 수밖에 없는 것일까?

아무튼 지금은 그렇다.

오늘 재미있었던 건, 뇌파 측정기를 쓰고 이런저런 일을 하면서 수치가 어떻게 변하는지 살폈던 것인데 커피를 마셨더니 뇌파에서 이완 수치가 올라갔고 메일을 읽고 외국어로 답장을 했더니 집중 수치가 100을 계속 찍었다. J는 내 집중 수치가 무척 높게 유지된다며 그만큼 스트레스 지수가 높을 것이라고 이야기했다. 누군가 내 노동하는 뇌를 지켜봐 주는 기분이 썩 괜찮았다.

작업실을 떠날 수 없는 이유

오래 묵은 무기력감과 함께 일어났다. 미루고 있던 상담, 치과, 은행, 건강 검진, 실손 보험 특약 조정, 원고, 판소리 수업 등등이 일어남과 동시에 떠올라 나를 더 무력감에 빠지게 만든다. 나는 어느 것도 하고 싶지 않다. 결국 이 중의 아무것도 하지 않기로 결정하면서 그러는 나 자신에게 짜증이 나서 징징 울었다. 이런 내 모습이 지겨워 더 보고 싶지 않았다. 내 눈에도 보기 싫은 내가 남의 눈에는 얼마나 더 보기 싫을까. 이 와중에도 남의 눈을 생각하는 것도 어쩔 수가 없다.

　지친 마음을 달래 보려 카페에 가서 쿠폰으로 공짜 커피를 받았다. 카페에서 커피를 사지 않기 시작한 지 두 달은 된 것 같다. 동네에서 제일 싼 아이스 라테를 매일 3천 원씩 주고 사 먹던 습관을 두 달 전부터 끊었다. 돈을 아끼기 위해 믹스 커피를 박스로 사 두고 뜨거운 정수기 물에 타 먹고 있다. 더워서 얼음과 함께 먹는다. 그렇게 한 달에 9만 원 정도를 아끼는 듯했다.

　수입이 일정치 않고 올해는 큰 프로젝트가 없어 불안하다. 작년엔 일 년 내내 웹 드라마 일을 하느라 몸도 정신도 많이 망가졌지만 돈을 쓸 시간도 없이 일만 해서 번 돈이 고스란히 통장에 남았다. 올해는 새로운 일을 찾아 여러 미팅을 했지만 거절해야 하거나, 내가 준비가 안 되어 할 수 없는 일이 많았다. 몇 개의 강의로 겨우 생활비를 마련하고 있지만, 매달 마이너스다. 마이너스의 불안감을 메우려고 카페 커피를 끊고, 믹스 커피를 마시면서 여유 없음을 느낀다. (참고로 내가 매일 커피를 사러 갔던 카페의 이름은 '여유'였다.) 얼마 전 공저로 참여했던 책이 나왔을 때, 해당 출판사가 운영하는 카페의 음료 쿠폰 다섯 장을 받아 둔 건 지갑에 잘 넣어 뒀다. 그 근처에 갈 일이 있으면 쓰려고 했는데 도무지 갈 일이 없다. 그래도 그 쿠폰이 지금 내 지갑 속의 작은 여유이다.

작업실에 와 피아노곡을 틀었다. 글을 쓸 때는 가사가 있는 음악을 들을 수 없기 때문에 보통 피아노곡을 틀어 놓는다. 공동 작업실이기에 다른 사람이 와서 크게 음악을 틀면 나는 헤드폰을 쓴다. 헤드폰으로 듣는 피아노곡 사이로 쿵쿵거리는 비트와 가사들이 새어 들어오면 말을 해야 할지 말아야 할지 고민이 된다. 우리 작업실 멤버들은 각자 하는 일이 다르기에 듣는 음악도 다르고 취향도 다르다. 누구는 뭔가를 찾아 죽이는 게임을 하며 마이크가 달린 게임용 헤드폰을 끼고 상대방에게 욕을 한다. ("저 돼지 새끼 죽여! 돼지 새끼!") 누구는 팝 음악(그나저나 팝 음악은 뭐를 팝 음악이라고 하는 건지 아직도 잘 모르겠다. 일단 영어 가사가 흥겹게 들리는 음악이라고 해 두자.)을 틀고 모바일용 어플을 개발한다. 누구는 편집 디자인을 하고, 누구는 교정을 하고, 나와 또 다른 누군가는 글을 쓴다. 내 옆자리의 편집 디자이너 언니는 내 기계식 키보드 소리를 거슬려 한다. 우리는 서로의 크고 작은 소음에 시달리며 각자의 일을 하려고 노력하고 있다. 아니, 노력해야만 한다.

적어도 나는 그렇다. 나의 집은 작고, 내 방은 침대와 행거 하나, 서랍장 하나로 공간이 모두 채워져 있다. 내가 작업실에서 쓰는 책상과 책들을 늘어놓을 공간이 전혀 없다. 나는 월 20만 원을 내고 이 작업실을 써야만 한다.

얼마 전 청년 지원 사업으로 보이는 '청년 예술가 공동 작업실 신청 공고'를 알게 됐다. 이 공고를 알려 준 사람이 "무료 지원인 것 같다."라고 얘기를 해서 얼씨구나 하고 바로 신청을 했다. 다음날 친절한 목소리의 상담원에게서 전화가 왔고 나는 입주 조건이 어떻게 되는지 물었다. 친절한 목소리의 상담원은 3평짜리 개인 작업실을 한 달에 60만 원에서 70만 원을 내고 편하게 이용하실 수 있다,라고 알려 줬다. 나는 가격에 놀라지 않은 척하려고 3평보다 더 큰 방이 있는지 물었다. 그분은 두 배 크기인 6평 작업실은 180만 원에 쓸 수 있으며 그 방은 최대 여섯 명까지 함께 쓸 수 있다고 알려 주셨다. 덧붙여 많은 청년 예술가들이 작업실을 이용하고 있고 만족도가 아주 크다는 것도 알려 주셨다. 나는 몇 번 감사를 표하고 정보에 만족했다는 느낌을 내며 전화를 끊었다. 월 20만 원의 크고 작은 소음과 함께하는 이 작업실을 떠날 수 없겠다는 생각이 들었다.

망원동 작업실 2

작업실에 있다.

작업실에는
유주 언니도 있다.

석이도
있다.

총 6명이 쓰는데 잘 안나온다.
나랑 유주 언니 빼고

상희언니

승일이

포형

으으—
불편한 공기

우리들이 미국 '인싸'였다면

우리들은 어떻게 친해졌을까

캔디

감사...

코로나 시대의 공연예술인

2011년부터 조금씩 일본 활동을 시작했다. 근 십 년 간 일 년에 한두 번 가던 일본 출장이 작년부터 한두 달에 한 번으로 잦아졌다. 그러다 보니 어느 새 한 해 총 수입의 40퍼센트 정도가 일본 활동을 통해 들어오게 되었다. 올해는 더 여러 가지 활동을 하게 되리라 예상하던 참에 '코로나 시대'가 시작됐다.

마지막 방일은 2020년 2월 일본 서쪽 지방 투어였다. 다섯 개의 지방 도시를 돌며 다섯 번의 라이브를 하는 일정이었다. 국내 코로나19 확진자가 30명도 채 되지 않던 때라 예정대로 떠나는 데 큰 무리가 없었다. 출발하는 날 인천 공항에 가 보니 당시 가장 확진자가 많았던 중국행 비행기 대부분이 운항 중지였다. 그 때문인지 공항 내부는 굉장히 한산했는데, 낯설도록 한산한 공항을 걷고 있으니 기분이 묘했다. 마스크를 박스째 옮기고 있는 공항 직원들을 보며, 저 마스크는 어디로 가는 걸까 궁금했다. 마스크 사재기가 한창이라 약국에서도 인터넷에서도 마스크를 사기 쉽지 않던 때였다. 게이트 앞에도 마스크가 박스째로 탑처럼 쌓여 있었는데 공항 직원들을 위한 것인지 비행기에 실을 것인지 알 수 없었다.

인천 공항에서는 한 명도 빠짐없이 모든 사람이 마스크를 쓰고 있었지만 두 시간을 날아 오사카 공항에 도착해 보니 마스크를 쓰지 않은 사람들이 종종 눈에 띄었다. 버스를 타고 첫 번째 행사지인 고베에 내리니 마스크를 쓴 사람이 오사카보다 더 적었다. 그럼에도 마스크 사재기가 시작된 모양인지 약국마다 '마스크 없음'이라고 써 붙인 종이가 눈에 띄었다. 다행히 공연장에 찾아온 관객들은 모두 마스크를 하고 있어 안심이 됐다. 공연 후, 사인보다는 악수를 청하는 일이 많은 일본이기에 '코로나 바이러스로 인해 악수는 하지 않습니다.'라고 책상에 써 붙이고 사인회를 진행했다. 다니는 지역마다 마스크는 품절이었고 이를 예상해 한국에서 미리 챙겨 간 마스크를 하나씩 꺼내 썼다. 열흘 간 일본 서쪽 지방을 이동하며 국내에서 점점 늘어나는 확진자 수를 매일 확인했다.

열흘 뒤 서울에 돌아오자마자 3월로 예정된 방일 일정을 위해 15일짜리 흥행 비자를 신청하러 일본 대사관에 갔다. 그리고 발급된 비자를 찾으러 가기 하루 전인 3월 6일, '무비자 입국 금지 및 일본 대사관 발급 비자 효력 무효화' 뉴스가 나왔다. 코로나 사태가 진정될 때까지 일본 대사관에서 발급한 비자가 붙어 있는 내 여권을 돌려받지 못하게 되었다. 전 세계적으로 사태가 심각해지고 있어 당장 여권 쓸 일은 없을 것 같았지만, 국제적으로 통용되는 신분증을 가지고 있지 않다는 사실만으로도 꽤 불안해졌다. 비자를 받지 못했기 때문에 3월 방일 일정은 곧 취소되었고, 비자와 관계는 없지만 국내에서도 공연 취소 소식이 날아들기 시작했다. 그렇게 6월까지 예정된 모든 공연의 취소 및 연기를 알리는 메일이 하루에도 몇 통씩 도착했다. 그것들을 읽고 있자면 스멀스멀 불안감이 찾아들었다. 모두들 힘든 시간이겠거니 하면서 잘 오지 않는 잠을 청했지만 악몽을 꾸며 새벽에 눈뜨기를 며칠 반복했다. 이른 새벽 침대에 누워 '이게 대체 무슨 불안감인가' 중얼거리는데 그렇게 중얼대는 문장의 '이게'가 뭘 의미하는 건지도 알 수 없었다. 다음 날 느지막이 일어나 친구에게 물어보니 '이게＝사회적 불안감'이라며, 본인도 요즘 같은 불안감을 느낀다고 말했다.

　모든 공연이 전격 취소된 3월의 수입 내역을 살펴보았다. 3월 한 달 동안 밖에 나가지 않고 할 수 있는 일을 두 건 했다. 서평 하나, 추천사 하나를 쓰고 받은 금액은 총 30만 원이었다. 그간 내 수입의 많은 부분이 행사를 통해 충당되었음을 깨닫는 순간이었다. 프리랜서에게 한 달 수입 30만 원은 꽤 충격적인 숫자였다. 행사를 뛸 수 없는 시기라 사업 수입을 더 올릴 수 있는 방법이 없었고, 뭔가 다른 방도를 찾아야 했다.

'금융 수입'을 올려 보는 게 어떨까 하는 생각이 들었다. 『수학의 정석』보다 두꺼운 금융 기초 서적을 사서 금리와 주식 편을 먼저 읽어 보았다. 주식 계좌를 만들고 예금 계좌에 있던 돈 일부를 옮겨 주식을 샀다. 하지만 혼자서 판단하고, 혼자서 실행하는 게 슬슬 걱정되기 시작했다. 현재 내 금융 상황을 객관적으로 판단하고 싶어 재무 설계를 받아 보기로 했다. 저 멀리 강남에서 내 작업실이 있는 망원동까지 찾아와 준 설계사 분은 알고 보니 나와 동갑이었다. 새로운 친구를 만난 기분으로 이것저것 궁금했던 걸 댐처럼 한꺼번에 쏟아 내니 그가 예상했던 상담 시간을 훌쩍 넘어섰다. 여전히 궁금한 게 많았기에 다시 만날 약속을 잡았고, 이후 그에게 두 번 더 금융 강의를 들었다.

　기초 지식을 조금씩 알게 되니 직접 관계 업무를 해 보고 싶다는 생각이 들었다. 동갑내기 설계사의 세 번에 걸친 열정적인 강의가 한몫했던 것 같다. 3월 말, 재무 설계를 받았던 회사를 찾아가 면접을 봤다. 예술 대학 졸업장과 월간지에 만화를 연재하기 시작한 열일곱 살 부터의 경력을 시작으로 전부 예술 관련 경력만 길게 나열된 이력서를 보고 회사의 여러 분들이 신기해했다. 그 자리가 신기한 건 나도 마찬가지였다. 면접 당시 그렇게 서로가 신기했던 본부장과 나는 20분여의 면접 시간 동안 서로에게 못다 한 질문을 더 하기 위해 따로 식사 약속을 잡았다. 며칠 뒤 회사 근처 한식당에서 만나 점심을 먹으며 이야기를 나눴다. 나는 그들의 세계가 SF 같았고, 그는 내가 우주인 같다고 했다. 서로 다른 두 세계가 하나의 한식당에서 만나는 신기한 순간이었다. (비싼 한식당이었기에 계산은 본부장이 했다.)

　4월부터 모든 해외 입국자는 2주간 자가 격리를 하게

됐다. 혹 가까운 시일 내에 공연 비자를 발급받을 수 있게 되어 일본에 공연을 하러 간다고 해도, 돌아와 2주 자가 격리를 하게 되면 여러 가지 일정에 차질이 생길 게 뻔했다. 해외 출장 계획을 세우기에 너무 큰 리스크가 생겨 버렸다. 이렇게 순식간에 사라진 '2020년 예상 엔화 수입'을 앞으로 금융 업무를 통해 채워 나갈 수 있을까. 의문과 기대를 품고 그나마 입문이 쉬운 편인 보험설계사 시험 준비를 시작했다. 인생 처음으로 인터넷 강의도 수십 시간 듣고, 문제집도 풀고, 시간을 재며 모의고사도 보고, 하나씩 해 나가는 중이다. 코로나 때문에 실내에서 진행되는 교육 일정이나 시험 일정도 계속 밀리고 있어 자격증을 따기까지 시간이 좀 걸릴 거라는 예상은 되지만, 사회적 불안감으로 어떤 일도 집중이 안되는 와중에 틈틈이 공부라도 하니 마음이 조금이나마 진정되는 것 같기도 하다.

며칠 전에는 금융인으로서의 첫 걸음을 스스로 격려하는 마음으로 SNS 프로필에 '금융예술인'이라고 써 보았다. 앞으로 무슨 일들이 생길까 여전히 한 치 앞을 모르겠다. 그건 금융인도 예술인도 누구도 모르는 일이겠지만.

나는 왜 몰라요

아침에 일어나 증권사 어플을 켜고 주식 시장을 들여다본다. 2020년 3월 19일, 코스피 1400대로 크게 폭락한 한국의 주식 시장은 공포를 먹고 다시 무럭무럭 자라 4월 현재, 1700선을 지켜 내고 있는 중이다. IMF 때 '금 모으기 운동'을 했던 것처럼 코로나 시대의 개미 투자자들이 열심히 국내 주식을 사 모으며 떨어지는 코스피 주가를 지켜 내고 있다고들 한다. 이를 시장에서는 '동학 개미 운동'이라고 부른다. 하지만 이게 정말 주가를 지켜 내기 위한 움직임인지 투기인지는 정확히 파악할 수가 없다.

가격이 순식간에 결정되는 주식 시장을 들여다보고 있으면, 내가 지금까지 해 왔고 지금도 하고 있는 일의 가치에 대해 곰곰이 생각하게 된다. 무형의 '이야기'를 만드는 나의 일 말이다. 마스크, 휴지, 쌀, 심지어 총기 사재기까지 이어지고 있는 공포에 질린 세계 속에서 '이야기'는 어떻게 살아남을 수 있을까.

집에는 얼마 전에 주문한 10킬로그램짜리 쌀 한 포대, 곽티슈 스물네 개, 그리고 집들이 선물로 받은 화장지 삼십 개가 있다. 이렇게 정확한 수량을 셀 수 없고, 정확한 가격이 붙지 않은 것들은 현재 어디서 어떻게 살아가고 있을까. 이 질문은 곧 '나는 어떻게 살아가고 있는가.'와 같은 말처럼 느껴진다.

나는 어떻게 살아가고 있는가.

이렇게 쓰고 보니 더더욱 모르겠다. 그래도 이왕 스스

로 질문을 던진 김에 한번 자체 점검을 해 봐야겠다. 일단, 출간 예정인 에세이집 원고를 연초에 마무리했고, 책 중간에 삽입할 만화 원고 작업을 하고 있다. 3월 말까지 마감하기로 했던 일인데 이미 4월 중순에 접어들었고 원고 진행률은 30퍼센트도 안 되는 것 같다. 3월부터 6월까지 예정된 공연이나 행사가 전부 연기 혹은 취소되는 바람에 원고를 할 시간은 충분했지만 시간이 있다고 일이 되는 건 아니라는 걸 몸소 체험하는 중이다.

최근에 있었던 가장 큰 사건은 보험 설계사 자격을 취득한 일이다. 이 소식을 듣고 주변에서 하도 놀라워하기에 그 반응을 보는 것만으로도 하루가 지루하지 않을 지경이다.

내가 보험 회사에 들어간 이유는 그리 대단하지 않다. 코로나로 대부분의 공연이 취소되는 바람에 시간이 생겼고, 돈이 없어졌고, 그래서 돈의 생태계를 알고 싶어졌다. 혼자 공부를 해 볼 수도 있겠지만 돈과 관련된 직업인들 사이에서 직접 배우고 체험하고 싶은 욕구가 있었다. 지금까지 내가 경제와 관련해 직접 체험해 본 것은 다음과 같다.

1. 임대 아파트 신청: 떨어졌다.
2. 버팀목 전세 자금 대출: 성공했다.
3. 주식: 성공적인지는 아직 잘 모르겠다.
4. 예금, 적금 등

이에 더해 금융의 주요한 요소 중 하나인 보험에도 관심이 생겼고 올해 3대 질환(암, 심장, 뇌) 보험에 가입하며 설계하는 과정을 살펴보니, 직접 해 보고 싶다는 생각이 들었다. 평소라면 공연과 행사로 바쁘게 보낼 봄철에, 금융 공부만 잔뜩 하고 있자니 이 상황이 스스로도 신기하고 재미있다. 새로운 일을 하면 새로운 언어를 갖게 되고, 새로운 언어를 가지면 새로운 힘이 생긴다. 외계어처럼 느껴지는 금융 전문 용어들도 몇 번을 반복해서 보고 들으니 조금씩 말할 수 있게 되었다. 내 보험은 물론, 주변 친구들이 가입해 놓고 살펴보지 않은 보험 증권을 읽으며 분석도 할 수 있게 되었다.

국내외 문학으로 꽉 찬 책장에 처음으로 경제 서적을 꽂을 자리도 마련했다. 시중에 나와 있는 상품을 가지고 보험을 설계하는 '보험 설계사'라는 직업도 있지만, 보험 상품 자체를 개발하는 '보험 계리사'라는 직업이 있다는 것도 알게 되었다. 나는 도대체 얼마나 많은 것들을 모르고 살았던 걸까. '나는 왜 알아요'라는 (내 2집 정규 앨범 수록곡이다.) 노래를 만들고 부른 것이 부끄러울 지경이다.

면접에서 만났던 회사 본부장은 얼마든지 모르는 걸 질문해도 좋다고 하면서, 정작 질문을 쏟아 내는 내게 이런 충고를 했다.

'모든 일의 본질을 알려고 하지 마라. 사람들이 믿는 것을 믿고, 모르는 것은 지나치고, 편안하게 살고, 행복을 느껴라.'

돈이란 무엇인가, 가치란 무엇인가 질문하며 여기까지 온 내가 피곤해 보인 걸까. 그렇지만 나는 질문하는 게 피곤하지도 않고, 언제까지고 계속할 수 있을 것 같다. (하지만 그렇게 계속 질문을 해 대면 본부장이 나를 해고할까?) 질문하는 것만은 도대체 멈춰 본 적이 없다. 멈출 수 있는 일인지도 모르겠다. 친구가 이야기한 사회적 불안감에 잠 못 드는 밤에도 질문은 끊이질 않는다.

2부 나를 재료로 삼아 이야기를 만듭니다

바깥으로

열일곱 살에 학교를 그만두고 관심 있게 보던 문예지의 정모에 나가기 시작했다. 대학생들이 싸구려 술집에 모여 술을 마시고 담배를 피우는 것을 콜라를 마시며 구경했다. 정모가 특별히 재미있는 것도 아니었지만 '뭔가 있을 것 같다'는 생각에 나보다 나이가 많고 자유로워 보이는 사람들을 열심히 따라다녔다. 그중에 몇 명이 새로운 모임에 데려가 주었다. 비싼 동네임이 틀림없는 강남에 커다란 개인 작업실을 가진 한 남성 디자이너와 미술과 디자인에 관심이 있는 대학생 언니들이 모이는 곳이었다. 다시 기억을 떠올려 봐도 그 모임의 목적이 대체 뭐였는지 모르겠다. 저녁이 되면 커다란 지하 작업실로 언니들이 몰려왔고 목소리가 크고 호탕한 디자이너 아저씨와 함께 술과 음식을 먹으며 웃고 떠드는 시간들이 이어졌다. 나는 그 작업실에 뻔질나게 드나들며 언니들이 오기 전까지 거기에 있는 책들을 구경하곤 했다. 저녁에 놀러 오는 언니들 대부분은 나에게 별 관심이 없었다. 학교 안 다니고 밖에 나와 있는 이해하기 어려운 청소년으로 보였던 걸까.

어떤 언니들은 저녁 늦게까지 남아 있다가 작업실 한쪽의 침대방에서 아침까지 아저씨와 함께 있었다. 어제는 어떤 언니가 아침에 나왔다더라 하는 이야기들이 뒤로 몰래몰래 전해졌다. 부인도 있는 아저씨가 왜 매일 자기 작업실에서 파티를 벌이는지, 왜 집에 가지 않고 어떤 언니들과 저 방에 들어가 아침까지 있는 건지 누구에게도 묻지 못했다. 미성년자인 나에게도 맥주가 든 잔이 종종 건네졌고, 어떤 날은 아저씨가 내 입술을 과일

먹듯이 쭉쭉 빨며 "맛있다, 기운이 난다."라며 껄껄 웃었다. 중학생 때 친구들과 연습하고 상상했던 키스와 전혀 다른 상황이었고 나의 첫 키스였지만 그 말을 할 수가 없었다. 거기 있는 모두가 그 모습에 즐거워했기 때문이다.

거기에 자주 오는 언니들 중 내게 관심을 가져 준 언니가 있었다. 나이는 나보다 예닐곱 살 위였던 것으로 기억한다. 그는 학교에서 만났던 친구들에게서는 본 적 없는 새로운 성격의 사람이었다. 매일매일의 자기 패션을 기록하기 위해 (당시에도 비싼) 필름 카메라로 셀카를 찍고 모아 만든 앨범이 몇 권이나 되었다. 내가 배운 '예쁜 얼굴과 예쁜 몸'의 기준에서 한참 벗어나는 외모인데도 그는 자신에게 관대하고 당당했다. 어떻게 그럴 수 있을까? 나는 왜 그처럼 당당할 수 없을까? 우리는 무엇이 다른 걸까? 도무지 알 수가 없었다.

집과 학교를 벗어나고 싶어 바깥으로 뛰쳐나온 나를 그는 동등한 사람으로 대해 주었다. 나는 그를 '언니'라고 부르지 않아도 됐고 우리는 서로의 이름을 부르며 함께할 일들에 대해 이야기를 나누었다. 어디를 가나 카메라를 들고 다니던 그는 내 사진도 자주 찍어 주었다. 나는 내 얼굴과 몸에 부끄러움이 많았기에 덧니가 튀어나온 입을 손으로 가리곤 했다. 덧니의 부끄러움을 참을 수 없어 열여덟 살에 교정을 시작한 뒤에는 교정기가 부끄러웠다. 그런데도 친구는 여전히 나를 찍고 또 찍었다. 부끄러운 얼굴은 다음번에 만날 때 인화가 되어 내 손에 들어왔다. 내 사진을 이렇게나 많이 가질 수 있다는 게 놀라웠다.

집에는 내 사진이 많지 않았다. 두 살 터울의 남동생이 장애를 갖고 태어난 뒤, 가족들 아니 엄마는 동생을 '낫게 하는 데' 매진했다. 나을 수 없다는 현실을 받아들이지 못한 엄마는 '아픈 사람'을 낳았다는 죄책감에 시달렸다. 동생은 수술을 받고 재활 치료를 받고 대학 병원을 다니다 나중엔 온갖 대체 의학의 실험 대상이 되었다. 그 와중에 어느 누구도 나라는 사람의 사진을 찍을 여유가 없었고 나는 어린 시절의 사진이 몇 장 되지 않는 사람으로 자랐다.

내 사진을 갖게 된 것은 특별한 경험이었다. 자기를 끊임없이 기록하고 자기 외면과 내면에 부끄러움이 없는 그 사람이 이상하고 좋아서 나는 계속 그를 따라다녔다. 나를 찍고 내가 보는 것들을 찍기 위해 처음으로 작은 필름 카메라도 샀다. 그리고 그 이상한 지하 작업실에 놀러 가지 않게 되었다.

엄마를 생각한다

뿅뿅

엄마는 살아 있다

남양주에
살고 있다

이야기의 힘

이유는 기억나지 않지만 나는 TV와 영화가 힘이 있다고 믿는 사람이었다. 어린 시절 강박적으로 TV를 못 보게 했던 엄마에게 반항하는 마음이 있어서 그랬던 걸까? (엄마는 TV를 바보상자라고 불렀다.) 초등학교 때는 조회 시간과 점심시간에 학교 TV에 나오는 방송반 아이들이 부러워 방송반 시험에 도전했다. 방학 보충 수업 때 경험한 웅변 실력을 뽐냈지만 엄마들이 학교에 자주 오는 아이들만 차례로 뽑혔고 나는 다섯 명을 뽑는 자리에서 6등으로 떨어졌다.

학급 특별 활동 시간에는 무조건 영화부를 골랐다. 수업 중 비디오를 빌려 볼 수 있는 유일한 시간이었기 때문이다. 가위 바위 보를 이겨야 들어갈 수 있을 정도로 인기가 있었지만 나는 매번 가위 바위 보를 이겨 영화부에 들었다. 영화부 부장이 되어 비디오를 골라 빌려 오는 특권도 누렸다. 쉬는 시간에 비디오 가게에 가서 당당하게 선생님이 주신 1천 원을 내고 모든 아이들이 좋아할 만한 비디오를 고를 때는 기분이 좋았다. 하지만 수업 시간이 한 시간인지라 매번 결말을 볼 수가 없었다. 그래도 좋았다.

중학교에 가서는 방과 후 친구들과 맘껏 비디오를 빌려 볼 수 있었기에 사진부에 들었다. 사진부 학생 세 명 모두 카메라가 없었다. 유일하게 카메라를 가진 사람은 사진부 남선생님뿐이었다. 그럼에도 한 달에 한 번, 답답한 학교 바깥으로 나갈 수 있는 수업이었기에 사진부 선생님이 우리 셋을 데리고 근처 냇가나 놀이터에 데려가 사진을 찍어줄 때면 우리 모두 깔깔대며 포즈를 취했다.

그러면서도 우리들은 그 선생님이 변태임이 분명하다고 속닥거렸다.

비록 2주 정도 다니고 자퇴를 했지만, 고등학교에 들어간 첫날부터 연극부에 들었다. 이야기를 소비하는 사람에서 이야기를 만드는 사람이 되어 보고 싶었다. 부원이 되기 위한 면접도 있어서 할 줄 아는 성대모사를 몇 개 연달아 했다. 낼 수 있는 제일 큰 소리를 질러 보라기에 다리를 꼬며 소리도 질렀다. 하지만 그렇게 들어간 연극부에서 학교를 그만두기 전까지 2주 동안 배운 것은 점심시간 내내 점심도 먹지 못하고 연극부실 앞에서 얼차려를 받는 것뿐이었다.

내 머릿속에서는 언제나 이야기가 끊이지 않았다. 지금은 기억도 못하는 수많은 노래와 소설이 내 입에서, 내 손에서 흘러나왔다. 학교 글짓기 대회에서 여러 번 최우수상을 받았고, 친구들 것까지 대필을 해 상을 타게 도와주기도 했다. 하지만 학교에서 장래 희망을 써내라고 할 때마다 글짓기 다음으로 잘한다고 생각하는 그림을 그리는 '화가'라고 적었다. 학교 외부에서 하는 글짓기 대회에 가고 싶었지만 동생을 업고 병원에 다니기 바쁜 엄마에게 이야기할 수 없었다. 집에는 책이 쏟아질 정도로 많았지만 밥상머리에서 책을 읽는다고 자주 혼이 났다. 글짓기를 잘하니 작가를 해 보라는 조언을 하는 어른은 한 명도 없었다. 나는 공부하는 척하며 공책에 이야기를 짓고 삽화를 그렸다. 누구에게 들킬까 봐 그린 뒤에는 지우개로 열심히 지웠다. 들키지 않는 법은 머릿속으로 만들고 머릿속에서 지우는 거라는 걸 알았기에 가능하면 머릿속으로 모든 것을 해내려고 했다. 그럴 수 있는 시간은 많았다.

왜 하고 있어?

왜 타고 있지?

왜 자고 있지?

왜 그리고 있지 ?

왜 '왜'라고 묻고 있지?!

좋아서

재밌어서

멋있어서

할 수 있으니까

우리의 이야기는 의미가 있다

예술 대학 영화과에 입학한 뒤, 드디어 '공식적으로' 이야기 짓는 일을 당당하게 할 수 있게 되었다. 그간 내가 밤을 새우며 보았던 영화들, 머릿속으로 만들고 지우던 이야기들을 맘껏 풀어내도 되는 곳이었다. 하지만 무엇을 이야기해야 할지 감이 잡히지 않았다. 스토리텔링 수업 시간에 이야기를 써내라는 과제를 받았다. 고민 끝에 초등학교 글짓기 시간에 자주 했던 식으로 동화를 지어 써냈다. 시나리오 작가인 선생님은 내 글을 읽더니 "이 글도 좋지만 지금 네게 일어나는 일, 네 주변에서 벌어지는 일에 대해서 쓰면 좋겠다." 라고 말했다. 스물한 살에 동화를 써낸 것이 갑자기 부끄러웠다. 꼭 어린 시절에 갇혀 있는 기분이었다.

다음 수업 시간엔 엄마가 싸 주는 도시락을 들고 대학에 다니면서 엄마에게 담배 피우는 걸 들키지 않으려고 학교에 담배를 숨겨 놓는 딸의 이야기를 써냈다. 커다란 나무 사다리를 들고 나무 위에 걸어 놓은 담배를 꺼내 피우고, 엄마가 싸 준 도시락을 먹고 또 담배를 피우고, 집에 갈 때는 다시 사다리를 타고 나무 위에 올라가 담배를 걸어 놓는 짧은 이야기였다. 이런 이야기도 이야기가 되는 걸까. 확신도 없었고 재미도 없었지만 동기 두세 명과 화질이 엄청 낮은 비디오카메라를 빌려 3분인가 5분짜리 단편영화로 찍었다. 제목은 '오늘따라 맛있는'이라고 붙였다.

대학 입학 후 사귀기 시작한 애인과 월세 15만 원짜리 옥탑방으로 이사하기 전까지 나는 엄마 집에서 학교에 다녔다. 담배는 집 앞 소화전에 숨기곤 했다. 엄마는 수시로 내 손가락 냄새를 맡았다. 그런 하찮은 긴장감을 이야기로 만들어도 되는 걸까, 당시에는 어떤 확신도 없었다.

지금이라고 내 이야기에 엄청난 확신이 있는 것도 아니지만 한 사람의 이야기와 기록이 의미 있고 재미도 있다는 사실을 점점 느끼게 되었다. 누군가를 가르치는 일을 시작하면서 더 그랬다. 미디액트라는 공간에서 하게 된 내 첫 강의의 제목은 '아무도 다치지 않는 음악 수업'이었다. 이후 열두 명에서 많게는 스무 명을 대상으로 음악 워크숍, 영화 워크숍 등을 진행했다. 강의 제목을 짓는 작업도 재미있었다. '당신은 한 세계의 신이 된다' '평범한 사람의 노래'. 강의 제목으로 전하고자 하는 것은 하나였다.

'당신의 이야기는 의미가 있다.'

내가 그랬듯 다른 사람들도 '자기 이야기'를 하는 것에 확신이 없었다. 자신의 삶은 지지부진하고 특별한 사건 사고도 없고 누군가 재미있게 들을 만한 이야기가 아니라고 수업에 찾아온 많은 사람이 이야기했다.

"저는 평범한 사람이에요."

자기소개 시간에 이 말을 자주 들었다. 나는 나도 내 이야기에 확신이 없다는 것을 숨기고 수강생들을 열심히 응원하고 부추겼다. 서로가 평범하다고 우기던 수강생들은 열 명이면 열 명, 모두 머리 길이가 달랐다. 옷 입는 방식도, 들고 있는 가방도 달랐고 한 명 한 명 다 다른 노트와 펜을 가져왔다. 왜 그 노트를 가져왔는지 물으면 각자 대답이 달랐다. 그렇게 모두의 이야기가 다르다는 것을, 그렇게 다른 이야기를 듣는 게 재미있다는 것을 함께 천천히 느껴 가며 수업을 진행했다.

수업 시간 내내 여러 사람들의 이야기를 끄집어내는 데 주력했다. 평소 내 일과 내가 만들 이야기만 생각하던 내게 이 시간은 큰 환기가 되었다. 한 번도 나와 같은 선택을 하지 않았던 사람들이 같은 공간에 모여 이야기를 나눈다는 게 엄청나게 희박한 확률과 인연이라는 생각을 했다. 6주 혹은 8주 동안 서로 평범하다고 우기며 한 명도 같은 이야기를 하지 않는 그 시간을 보낸 뒤 노래 한두 곡, 혹은 영화 대본을 발표했다. 마지막 발표를 들을 때는 우는 사람도 많았다. (그중 내가 제일 많이 울었던 것 같다.)

그러고는 일상으로 돌아와 지겹게 반복되고 별일이 벌어지지 않는 내 이야기들을 펼치고 누군가의 응원을 떠올리려고 노력했다. 그 누군가가 떠오르지 않으면 스스로를 응원했다. 오래전 상담 선생님과 함께 쓴 메모를 책상 서랍에 넣어 두고 수시로 열어 그 글자들을 다시 들여다보았다.

나는 스스로 사랑할 줄 아는 사람이다.
나는 나 자신을 포기하지 않고 어떻게 해서든지 내 자신을 가꾸어 가는 사람이다.
나는 살아 있는 사람으로 생활해 갈 것이다.

선생님은 내 노트에 이런 메모를 남겨 주셨다.
"랑아, 너는 미래의 주인이야."

듣고 싶었던 말

상담

첫 번째 세션

두 번째 세션

세 번째 세션

으엉

" 많이 힘들었구나"

"너무 잘했어,
참 예쁘다"

"네가
잘못한 게
아니야"

사랑해

재미있게 할 수 있을까

나의 오랜 고민은 '재미있는 글을 못 쓰겠다'는 것인데 재미있다는 게 대체 뭔지 점점 모르겠다. 그간 해 왔던 대로 풍자하는 방식으로, 유머러스하게 말하는 게 어떤 효과가 있을까. 제대로 말하고 있지 못하는 것만 같고 피해자가 있는 사안을 풍자하고 말하는 것이 피해자에게 또 다른 상처를 주는 게 아닐까 하는 생각이 든다. 어떻게 말해야 할까.

넷플릭스에서 수십 번을 돌려 본 호주의 코미디언 해나 개즈비의 스탠드 업 코미디 「나의 이야기(Nanette)」

에서 그는 자신의 이야기를 제대로 말하기 위해 코미디를 그만두겠다고 선언한다. 개즈비는 성소수자인 본인의 정체성을 코미디 소재로 풀어내면서 자신의 과거를, 상처를 제대로 마주하지 않고 자기 자신을 웃음거리로 만들어 왔다며 반성했다.

'스탠드 업 코미디'라고 이름 붙여진 그 쇼의 마지막에는 그가 흥분해 떨며 눈물이 고인 채 소리치는 모습이 나온다. 쇼의 초반에 재미있는 에피소드라며 웃으며 말했던, 버스 정류장에서 자신의 애인에게 추근덕거린다며 그를 위협했던 남성에게 '여자라는 게 밝혀져' 한바탕 소동으로 끝났다고 했던 이야기를 한 번 더 들려준다. 여자인 게 밝혀져 별 탈 없었다며 웃고 지나갔던 이야기 뒤, 곧 그가 레즈비언임을 알게 된 남성이 무차별 폭행을 하기 시작했다. 주변의 그 누구도 도와주지 않았던 무섭고 외로운 상황에 대해 그는 천천히 이야기했다. 좌중이 조용해지고 무거운 공기가 깔렸지만 그는 그 무게를 느껴 봐야 한다고 말했다. 한 사람의 이야기를 제대로 듣는다는 게 얼마나 큰 책임을 요하는지 조금이나마 느낄 수 있었다.

개즈비는 '진실을 말하는 행위'가 자신을 코미디와 예술과 인생에서 밀어낼 것이라 각오하고 코미디 무대에서 자신이 당한 폭력과 고통에 대해 이야기했지만, 그 쇼 이후 훨씬 더 세상과 연결되었다고 후기에서 밝혔다. 최대한 진실되게 말하는 것이 누군가와 소통할 수 있는 방법이라면, 나는 잘하고 있을까. 왜 이렇게 '재미있어야 한다'는 생각에 여전히 사로잡혀 있는 걸까.

내가 할 수 있는 것

태초에 신이 이랑을 만드사

한국에서 태어나게 하시고

이야기를 짓는 자가 되라 하시니

그 모습이 보기에 좋았더라

인간의 영생을 원한다!!

해파리나 되라—

*투리토프시스
누트리큘라
해파리는
불멸의 생물로
알려져있다*

나를 자료로 삼아 이야기를 만듭니다

'여러 가지 일을 하면서 겁나지 않나?'
'이걸 다 해도 되겠다는 판단이 어디에서 나오나?'
'언제, 어떻게 완성이라는 것을 확신하게 되나?'

2016년에 펴낸 에세이집 『대체 뭐하자는 인간이지 싶었다』(달)의 발간 행사에서 독자들이 나에게 던진 질문들 중 몇 가지이다. 이 밖에도 '옷을 어디서 사나' '좋아하는 사람을 어떻게 꾀나' '영화를 추천해 달라' 등의 질문도 있었지만, 오늘은 위의 세 가지 질문에 집중해 보겠다.

　일단 결론부터 내놓고 본론으로 들어가겠다. (나는 긴 글을 보면 읽기도 전에 지치기 때문이다.) 결론은 여러분들의 의견과 달리 나도 결국 한 가지 일을 하면서 사는 사람이라는 것이다. 나는 '이야기를 만드는 일'을 하는 사람이다. 조금 덧붙이자면, '나를 재료로 삼아 이야기를 만드는 일'을 하는 사람이다. 왜 본인을 재료로 삼는지에 대해서는 이렇게 반문하겠다. '그럼 내가 제일 잘 아는 사람이 나 말고 또 누가 있단 말인가?'

　어떤 이야기를 쓰고 싶다고 치자. 이야기에는 주인공이 있어야 한다. 주인공은 어떤 사람인지 어떤 욕망을 지녔는지 처음부터 끝까지 설계를 해야 한다. 어디에서 태어났고 부모는 어떤 사람인지, 형제자매는 있는지 없는지, 국적은 어디며 고향은 어떤 곳이며 주인공은 자신의 배경에 만족하는지, 행복한지 불행한지, 가장 친한 친구는 누구이며 둘은 만나서 어떤 이야기를 나누는지, 죽이고 싶은 사람이 있다면 누구이며 왜 그런 마음이 드는지, 사랑을 해 본 적이 있는지 아니면 아직 그런 감정을 느껴 보지 못했는지 등등. 한 사람을 설계하는 데는 이렇게 품이 많이 든다. 하지만 나를 주인공으로 삼으면 이 질문들에 금방 대답할 수 있다. 주인공의 역사에 온전히 참여해 왔기 때문이다. 빼먹은 부분들도 금방 찾을 수 있다. 내 주변 인물들에게 물어보면 되니까.

나를 재료로 삼고 이야기를 만들기 위해서는 나를 '관찰'하고 '기록'하는 일이 무척 중요하다. 익숙해지면 자연스럽게 할 수 있지만, 길이 드는 데까지는 꽤 고통스러운 시간이다. 전화 통화를 하다가 연결이 불안정해 내 목소리가 다시 들려오는 경험을 해 본 적이 있을 것이다. 그때 들었던 자기 목소리가 어땠는지. 굉장히 낯설고 '나'라는 걸 믿을 수 없지 않았나. 목소리뿐 아니라 내가 말하고 움직이는 모습을 모니터한다고 생각해 보자. 직업상 자기 모습을 끊임없이 관찰해 오던 사람이 아니라면 꽤 충격일 것이다. 얼굴의 근육들이 움직이는 모습, 제스처를 사용하는 모습, 걸음걸이와 자세 등등. 예상 외로 많은 부분들이 생각과 다를 것이다. 내가 가장 잘 아는 사람임에도 불구하고 여전히 낯설고, 그에 더해 매일 나에 대한 새로운 정보가 추가되니 열심히 관찰하는 수밖에 없다.

에세이집 발간 행사에서 나는 내가 나를 관찰해 온 기록들을 보여 주었다. 근 십 년 간 찍은 수백 장의 셀프 사진과 동영상. 음성 메모와 노트 메모들. 나는 나를 관찰하며 이야기의 주인공으로 삼아 설계에 구멍이 생기지 않게 정보를 잘 다듬어 놓고, 그때 그 이야기 속에서 내가 욕망하는 것이 무엇인지 들여다보고 파악했다. 그렇게 수많은 기록 속에서 수많은 이야기가 발견되었다. 스스로 기록했지만 모두 다 기억나는 것은 아니기에 '발견'이라고 말한다. 영상에서, 음성 메모 속에서 발견한 노래들은 결국 '내 노래'가 되고, 낙서와 글은 내 만화의 소재가 되거나 내 시나리오의 초석이 되었다.

'예쁘다'고 생각하는 모습이 아니라, 슬프고 더럽고 추한 모습까지 모두 보고 기록해 두었기 때문에 나중의 발견은 그동안의 고생을 보상받는 느낌이다. 이토록 살기 힘들고 거의 지옥이나 다름없는 세상에서 지금까지 살아온 것이 장해서, 미래에 받을 보상들을 미리 준비해 두고 있었던 것 같다. 그렇게 나에게 딱 맞는 수준의 위로가 되는 노래를, 그림을, 글을 가지게 되었다. 이것들을 발견했기 때문에 기뻤고 이것을 나눈다면 다른 사람들도 기뻐할 것이라고 생각해 나눌 수 있었다.

나를 관찰하고 그 안에서 이야기를 발견하고, 그것을 노래하고 그리고 쓰고 내놓는 일은 직접 해 보지 않으면 그 즐거움과 기쁨을 알 수 없다. 이 얼마나 쉬운 일인가? 재료는 바로 당신 자신이고 당장 오늘부터 관찰과 기록을 시작하기만 하면 된다. 나 또한 그렇게 계속 나의 이야기를 발견하고 또 세상에 내어놓을 것이다.

매력 시장

달란트(Talent)라는 말은 '재능'이라는 뜻으로 사용된다. '탤런트'라고 말할 때는 특정 직업군을 일컫기도 한다. 하지만 그 어원을 찾아보면 『구약 성경』에서 무게를 측정하는 단위이며, 화폐의 단위였다는 것을 알 수 있다. 『마태복음』에는 이 달란트로 세 명의 하인의 능력을 시험하는 내용이 있다. 주인은 집을 비우며 하인들의 능력에 따라 각각 금 다섯 달란트와 두 달란트와 한 달란트를 나누어 주고 떠난다. 한참 후에 돌아온 주인은 하인들이 받은 달란트를 어떻게 사용했는지 평가한다. 처음부터 많은 달란트를 받은 하인은 그것을 두 배로 불려 놓았지만, 한 달란트를 받았던 하인은 그것을 땅에 묻어 두었다가 그대로 반납해 크게 혼이 난다.

이 달란트에 관한 이야기를 읽고 너무 잔인하다는 생각이 들었다. 애초에 주인은 '능력치'를 미리 평가해 두었고 그에 따라 달란트를 다르게 지급했다. 하인들은 주인이 예상했던 능력치에 맞게 행동했다. 이 이야기의 교훈은 대체 무엇인가.

달란트에 대해 계속 생각을 하다 탤런트를 직업으로 삼고 있는 사람들을 떠올려 보았다. 이들이 몇 개의 달란트를 가지고 있는지는 대중이 멋대로 정해 버리는 것 같다. 전직 아이돌인 친구가 오랫동안 그 시장에서 '팔리기 위해' 자신의 외모와 재능을 탓했던 이야기를 한참 했던 날이 있다.

인디 음악 시장도 연예계와 마찬가지로 '매력'에 좌지

우지되는 면이 크다. 첫 앨범을 발표한 뒤 여러 매체에서 인터뷰를 했다. 주로 국내 패션지였는데, 국내에 음악 전문 잡지가 많지 않아 그랬던 것 같다. 사진이 함께 실리는 인터뷰를 몇 번 진행하며 내게 쓰임이 있어 보였는지 점점 화보 촬영과 인터뷰를 같이 하는 일도 생기기 시작했다. 모델 같은 포즈를 취하고 준비해 준 브랜드 옷을 걸치고 사진을 찍으며 이런 생각들을 했다.

내가 비만이었다면 이런 일이 있었을까.

내가 이십 대가 아니었다면 이런 일이 있었을까.

내게 장애가 있었다면 이런 일이 있었을까.

잡지를 보는 사람들이나 잡지를 만드는 사람들이 멋있다고 생각하는 표정과 포즈, 옷차림은 이미 나와 있는 잡지들을 보면서 비슷하게 따라할 수 있었다. 거기에 나오는 사람들은 한결같았다. 신체 활동에 어려움이 없는, 젊고 날씬하고 '예쁜' 사람들. 나는 잠깐 동안 그 시장에서 '새로운 얼굴'로 쓰였던 것 같다.

얼마 전 한 화장품 광고 모델 제의가 들어왔다. '화장품'이라는 것을 광고해도 좋을까 하는 고민이 제일 앞섰지만 출연료가 적지 않았다. 또한 립스틱이나 아이섀도가 아닌 스킨, 로션 제품이었기에 타협할 수 있겠다 생각했다. 그나저나 왜 나에게 이 제의가 왔는지 궁금했는데 연예인이 아닌 다양한 직업의 여성들이 출연하는 콘셉트라고 하기에 이해가 됐다. 운동선수나 사진작가 그리고 아이를 키우는 젊은 엄마 등이 출연할 예정이라고 했다. 광고에는 이 제품이 왜 나에게 중요한지 이야기하는 내레이션이 들어갈 예정이었다. 내레이션은 사전 인터뷰에서 내가 대답한 내용들로 구성한다고 하여 인터뷰를 먼저 진행했다. 헌데 인터뷰 질문들은 하나같이 대답이 미리 정해진 것들이었다.

"피부 컨디션이 좋지 않은 날은 크리에이티비티가 떨어지지 않나요?"

"피부와 크리에이티비티의 관계에 대해 말해 주세요."

내 대답은 "관계없습니다."였다. 피부가 하얗고 투명

하고 잡티가 없어야 좋다는 식의 광고는 늘상 있어 왔지만 연예인도 아닌 사람들이 출연하는 광고라면, 어떤 피부의 사람이라도 편하게 드러낼 수 있으면 좋겠다 생각했다. (물론 연예인도 그 기준에서 벗어날 수 있다면 참 좋겠지만 말이다.) 일테면 피부가 '못나서' 이 제품을 꼭 써야 하는 게 아니라 기능적인 부분이 필요하기 때문에 쓰고 싶었다.

하지만 내 대답은 그들이 듣고 싶은 말이 아니었음이 확실했다. 얼마 뒤 "아쉽지만 같이 할 수 없게 되었다. 인터뷰 때 들은 이야기는 참 감명 깊었다." 등의 코멘트가 돌아왔다. 이후에 실제로 나온 광고를 보니 하얗고 투명하고 잡티가 없는 피부의, 연예인 못지않은 인기 사진작가가 출연해 "피부가 건조한 날은 작업에 집중이 되지 않아요." 등의 말을 하고 있었다. 물론 그에게는 그게 거짓말이 아닐 수도 있다. 나도 작업실에서 피부가 건조하면 미스트를 뿌리고 입술에 립밤을 바르기 때문이다. 그게 일에 집중이 안 돼서는 아니지만.

이 '매력 시장'에서 살아남기 위해선 그들이 예쁘고 멋지다고 생각하는 얼굴과 몸과 말을 유지하고 살아야 하나 싶은 생각이 또 한 번 들었다. 왜냐하면 그 출연료는 누구에게나 적지 않은 돈이었고 그 돈이 있으면 월세를 열 번은 더 낼 수 있기 때문이다. 그럼에도 인터뷰에서 거짓말을 할 수는 없었다.

전에 초청을 받아 프랑스 파리에 공연을 하러 갔을 때에도 비슷한 일이 있었다. 국내 한 방송사의 해외 파견 기자가 찾아와 공연 후에 짧은 인터뷰를 진행했다. (페이는 없었다.) 그가 가지고 온 질문도 비슷한 식이었다.

"이렇게 해외에 나와 공연을 하면 어떤 기분인가요?"

내 대답은 "와, 유럽에서 공연을 하다니 너무 뜻깊고 너무 좋아요! 너무 새로워요!라는 대답을 기대하셨을지도 모르지만 제게는 그렇게 다르지 않습니다. 그저 이동이 길고 도착하면 풍경이 낯설긴 하지만 찾아오시는 관객 분들은 여기에 거주 중이거나 유학 중인 한국 분들이라 서울, 홍대에서 하는 공연과 딱히 분위기가 다르진 않습니다."였다.

뉴스에는 '와, 유럽에서 공연을 하다니 너무 뜻깊고 너무 좋아요! 너무 새로워요!'까지만 나왔다. 뒤에 한 말은 고스란히 잘려 있었다. 그 자체가 코미디 같았다. 이 세상은 코미디 게임 같다.

내가 만약 성경에 나온 하인이었다면, 나는 주인이 처음에 달란트를 차별해 나눠 줄 때부터 항의했을 것 같다. 그러고는 매를 맞았을까.

우리는 왜 별을 주고받나요

별을 모으면 스타가 될까

먹은 만큼 자신감 생겼으면
좋겠다아~

유통 기한

얼마 전에는 책 한 권의 계약
을 파기했다. 도저히 원고를 완성할 수 없을 것 같았기
때문이다. 할 수 있다고 생각했던 일들이 앞으로 언제가
되어도 할 수 없을 것같이 생각되었다. 사회의 기준 들
이 바뀌어 가는 것을 지켜보고 공부하고 따라 바뀌려고
노력하면서 내가 가장 고민하는 것은 '앞으로 내가 무
슨 이야기를 할 수 있을까?'이다. 내가 쓴 이야기의 인물
들은 전형적인 가부장제에서 벗어나지 못하는 것 같고,
내가 쓴 대사에 여성 혐오와 소수자 혐오가 드러나 있는

것 같다.

　나는 '평가'를 두려워하는 걸까? 나와 내 친구들이 쓰는 욕, 낄낄거리는 농담. 내가 만드는 세계와 이야기. 인물들의 불완전함이 어떤 평가와 기준을 넘지 못할 거라는 생각. 그것들이 내가 새 이야기를 만들지 못하게 하는 것들일까? 하지만 나는 이상적인 사회의 모습을 정확하게 그릴 수 없다. 보지도 못했고 상상만으로 그리기에는 한계가 있기 때문이다. 내가 만든 어떤 인물도, 그들의 어떤 대사도 100점 만점을 받을 수 없고, 그것은 이미 나온 작품도 앞으로 나올 작품도 그럴 것이다. 내가 그리는 배경은 그저 지금 내가 아는 세계일 뿐이다. 매일의 혼란과 매일의 좌절 그리고 잠깐의 행복과 짧은 사랑을 느껴 본 적 있는 세계 말이다.

『제5도살장』(아이필드 2005)은
대학교 1학년 때, 처음 읽었다. 대학에 들어왔으니 대학
생이 볼 만한 책을 읽고 싶은데, 어떤 책을 읽어야 할지
모르겠어서 한 영화감독이 추천한 책들을 전부 읽기로
했다. 그중에는 커트 보니것의 『나라 없는 사람』(문학동네
2007)이 있었고 그 책에 완전히 꽂혀 버린 나는 커트 보
니것의 책을 있는 대로 찾아 읽기 시작했다.
　『제5도살장』을 몇 페이지만 넘겨 보면 곧 '욘욘슨' 노
랫말이 나온다.

내 이름은 욘 욘슨

위스콘신에서 일하죠

그곳 제재소에서 일하고 있죠

거리를 걷다가 만나는 사람들

그들이 내게 "이름이 뭐요?" 하고 물으면

이렇게 대답해요

내 이름은 욘 욘슨

위스콘신에서 일하죠.

(12면)

나중에 찾아보니 그 노래는 출처가 불분명한 구전 민요인데 난 커트 보니것이 지어낸 노랫말인 줄 알고, 그 노랫말에 이런저런 멜로디를 붙여 노래를 만들었다. 그렇게 만든 노래가 1집에 수록된 '욘욘슨'이다. 노래를 만들 당시에는 그저 무한 반복되는 노랫말이 재미있었을 뿐인데, 그가 왜 이 구전 민요의 가사를 책에 삽입했는지 이제서야 그 의미를 알 것 같다.

『제5도살장』은 전쟁에 관한 소설이고 부제는 '소년 십자군, 죽음과 억지로 춘 춤'이다. 커트 보니것은 제2차 세계 대전 때 전쟁에 나가 독일군에게 포로로 잡혔고, 버려진 도살장에 수용되어 있다가 운 좋게 드레스덴 폭격에서 살아남았다. 전장에서 돌아온 뒤, 보니것은 자기가 본 드레스덴에 관해 책을 쓰려고 했다. '욘욘슨'이라는 구전 민요의 노랫말처럼 그는 안부를 묻는 사람들에게 "드레스덴에 관한 책을 쓰고 있다"고 오랫동안 대답해 왔다.

그렇게 이십 년 넘게 "드레스덴에 관한 책을 쓰고 있다."라고 이야기했지만, 정작 전쟁에 대해 어떤 말도 쉽게 나오지 않았다. 결국 그는 같은 경험을 했던 옛 전우 버나드 오헤어를 찾아가는데, 거기서 결정적인 힌트를 얻는다. 그것은 버나드의 아내 메리의 말이었다. 보니것이 메리를 만나는 장면은 소설 『제5도살장』속에 그대로 담겨 있다. 메리는 그가 방문했을 때부터 매우 화가 나

있었는데, 보니것은 그게 자신 때문이라고는 생각했지만 그 이유를 추측할 수 없었다.

"당신은 그때 젖비린내 나는 애들에 불과했어요!"

메리는 대화를 나누고 있던 보니것과 버나드에게 갑자기 말을 던졌다.

"전쟁 때 당신들은 젖비린내 나는 애들에 불과했다고요. 이층에 있는 저 애들처럼! 그런데도 소설에는 그렇게 안 쓰겠죠? 난 알아요. 당신은 아이가 아니고 어른이었던 것처럼 쓸 거고, 영화화 되면 프랭크 시내트라나 존 웨인처럼 매력 있고 전쟁을 좋아하고 지저분한 배우들이 당신 역을 맡겠죠. 그럼 전쟁이 아주 멋져 보일 거고. 그러면 우리는 훨씬 많은 전쟁을 치르게 되겠죠. 그리고 그런 전쟁에서는 이층의 저 애들 같은 어린애들이 싸우겠죠."(25면)

메리는 커트 보니것의 방문에 화가 난 게 아니라 '전쟁'에 화가 난 것이었다. 그리고 그 전쟁을 부추기는 책이나 영화에 대해서도 화가 났던 것이다. 보니것은 그 자리에서 이 책의 제목을 '아이들의 십자군 전쟁'이라고 붙이겠다고 약속한다. 그리고 『제5도살장』 제일 앞 페이지에 '메리 오헤어에게'라는 헌사를 적었다. 나는 보니것이 『나라 없는 사람』에 썼던 이 문장을 오랫동안 기억하고 앞으로도 계속 기억하려고 한다.

"어떻게든 현명한 사람이 되어 달라. 그래서 우리의 생명과 당신의 생명을 구하라."

더욱 많은 현명한 사람들이 전쟁을 반대하고, 모든 혐오를 멈추기를 바란다.

잘 듣고 있어요

이게 어떤 쓰임이 있을지 의미가 있을지 모르는데

어떤 사람들은 즐거웠다 하고 기뻤다 하고

눈물 흘렸다 하고

내게 많은 사람들이 건네는 인사말은

"잘 듣고 있어요"

날 만난 적 없어도 만나지 않아도

처음 만나도 "잘 듣고 있어요"

잘 듣고 있나요

어떤 시간에 어떤 순간에 왜 이 노래를

듣고 있나요

아무것도 아닌 질문밖에는 없는 이 노래를

(중략)

누구는 목숨을 찾고 누구는 사랑을 쫓는 거겠죠

잘 알고 있어요 듣고 있어요

기억하고 외우고도 있죠

의미가 있는 이야기는 듣고 또 들려주고 싶어요

잘 듣고 있어요 듣고 있어요

잘 듣고 있어요

잘 듣고 있어요 – 이랑

많은 사람들이 나에게 이 말로 인사를 건넨다.

"잘 듣고 있어요."

언젠가 하루는 너무나 많은 사람이 같은 말의 인사를 건네 와 머리가 이상해질 정도였다. 왜 사람들은 내게 "잘 듣고 있어요."라고 인사를 할까? 나는 이 사회에서 어떤 역할을 맡고 있는 걸까? 사람들은 나를 통해 무엇을 듣고 있을까?

이 책은 질문으로 가득 차 있고, 내가 쓰는 모든 글과 노래도 그렇다. 이렇게 내가 지치지 않고 질문하는 것들이 언제부턴가 누군가에게 들리기 시작한 것일까?

나는 언제 어디서나 질문을 하고 있었다. 학생 때 교무실에 찾아가 왜 다양한 해석이 가능한 시를 국어 시험에서 사지 선다 문제로 풀어야 하는지 물은 적이 있다. 왜 작가의 의도와 상관없이 학생들에게 주입식으로 작품의 의미를 가르치고, 그것을 외우지 못하거나 의문을 가지면 '틀렸다'고 판단하는지. 선생님은 내 질문을 대수롭지 않게 넘겼고, 나는 대답을 얻을 수 없는 질문을 하는 데 허무함을 느꼈다. 한편, 고등학교를 그만두기로 한 결정은 오랫동안 했던 질문의 답을 찾았기 때문이다.

"왜 학생은 매일 아침 일찍 일어나야 하는가?"

진학을 선택할 수 있다는 것을 중학교를 졸업하면서 알게 되었고, 내 오랜 질문에 답이 있었다는 사실에 너무 기뻤다. 다만 학교를 다니지 않겠다는 나의 선택을 엄마 외에 어떤 어른도 지지해 주지 않는다는 현실을 알았을 때, 나에게는 또 다른 질문이 생겼다.

"왜 어떤 선택은 많은 사람에게 외면받고, 지지받지 못할까?"

질문은 이 사회가 어떤 방식으로 작동하려 하는지 이해할 수 있는, 아니 이해는 못하더라도 눈치는 챌 수 있는 좋은 방법이다. 왜 어릴 때 우리는 오른손으로 많은 것들을 하도록 교육받는지. 휴일은 어떻게 정해졌으며, 평일과 주말은 언제부터 그렇게 나뉘었는지. 날짜와 시간은 공통의 단위를 쓰면서 왜 언어는 몇천 가지로 나뉘어져 있는지. 입국 카드에는 왜 두 개의 성별 중 하나를 선택해 기입해야 하는지. 선택하지 않거나, 선택을 거부하는 사람에게 불이익이 생길 것을 왜 알고 두려워해야 하는지.

생각보다 많은 사람들이 질문하는 것을 두려워하고, 실제로 질문을 해 본 적 없기 때문에 많은 문제가 발생

하는 것 같다. 삼십사 년을 겪어 온 이 한국 사회가 질문을 하기 어려운 곳임을 진작부터 잘 알고 있었다. 내가 학생일 때도 내가 선생일 때도 다르지 않았다. 소리 내서 질문하는 것이 무섭고, 부끄럽고, 이상한 일이라고 배워 왔고 그렇게 느끼며 살았다. 그렇게 나는 많은 질문들을 마음속에서 던지고 혼자 답을 찾곤 했다. 나에게는 언제나 질문할 거리가 존재해 왔고 지금에 와서야 조금씩 그것들을 소리 내 질문하고 있다.

"잘 듣고 있어요."라는 인사를 많이 받게 되는 하루가 또 올까?

청소년 특강에서 주고받은 질문과 대답

Q. 이랑 님의 가사를 좋아합니다. 저도 가사를 쓰고 싶어서 글도 많이 쓰고, 실제로 하고 싶은 말도 많은데, 왜 제 글은 가사 같지가 않을까요?

A. 저는 아는 게 없어서 노래를 만들 수 있었던 것 같아요. 평소에 음악을 찾아 듣지 않기도 하고, 그래서 뭐가 좋은 음악인지에 대한 생각도 없었어요. 노래다운 노래를 만들어야겠다, 다른 사람에게 들려줄 만하다, 그런 생각도 없이 그야말로 놀면서 노래를 만들기 시작했어요.

청소년 혹은 성인 대상으로 작사·작곡 워크숍을 꽤 진행해 봤는데요. 매번 중요하게 이야기하는 게 "가사 쓴다고 생각하고 써 오지 마세요." 이거랑 "노래를 만든다고 생각하지 말고 코드를 짜 오세요."예요. 나중에 무조건 바꿀 거라서 그런다고 말하지만, 사실 거의 바꾸지 않아요. 그냥 강박을 없애 주려고 그렇게 말하는 거예요.

　뭔가를 만들고 발표하는 건, 아니 파는 건 그렇게 즐겁지만은 않지만 만드는 순간만큼은 즐거웠으면 좋겠어요. 만들면서 내내 '이거 아닌 거 같은데……' 하는 생각이 들면 괴롭잖아요. 그래서 뒷일은 나중에 생각하고 만들 때만큼은 노는 기분으로 했으면 해요. '노래다운 노래를 만들어야겠다.'라는 강박을 내려놓기란 정말 쉽지 않지만, 노래를 만들고 있다는 생각 자체를 안 하면 돼요. 사실 전 기타 치면서 친구한테 어제 본 드라마 내용을 말해 주고, 아니 불러 주는 식으로 놀았거든요. 그러다 보면 기타를 치면서 노래를 부르고 있다는 생각을 안 하게 돼요. 말하는 것과 노래하는 것의 차이를 지워 나가는 게 오히려 더 쉽게 노래하는 방법인 것 같아요.

Q. 그럼 만든 노래를 많이 안 고치세요?

A. 아주 많이 고칩니다. 제 노래들은 가사가 많고 반복되는 부분도 적어서 사람들이 자주 물어보는 게 '숨을 어디서 쉬느냐'거든요. 2집 수록곡 '세상 모든 사람들이 나를 미워하기 시작했다'의 가사를 예로 들면, 만들 때는 숨 쉴 생각도 안 하고 정신없이 만들었지만 다듬으면서 숨 쉴 수 있게 고치고 말도 많이 바꾸었어요. 처음에는 '세상 모든 사람들이 나를 싫어하기 시작했다'로 썼는데, 여기를 '싫어'로 할 건지 '미워'로 할 건지도 마지막까지 고민했어요. 또 '돌아오기를'을 '돌아오기만을'로 바꾸고 '들리면'을 '들려오면'으로 바꾸는 식으로 다시 부르고 고쳐 나가는 시간을 많이, 아주 많이 가집니다.

제가 이미 활동하고 있는 사람이라서 아, 이랑은 이렇게 '뚜루루루 뿅!' 하고 노래가 나오겠구나, 생각하는 분도 있는데 전혀 그렇지 않습니다. 항상 기록하고 메모

하고 다시 찾아보고 고치고 또 고칩니다. 아까 얘기했던 것처럼 기타를 들고 드라마 내용을 얘기할 때는 아무 생각이 없고, 몇 시간이라도 물레방아 돌리듯이 놀 수 있지만 이후엔 이걸 정리해야 3분짜리 노래가 된다는 것은 알고 있어요. 그래서 놀고 있는 세 시간을 기록해 두고 나중에 자료로 삼아 쓸 수 있는 것을 찾아요. 어쨌든 만드는 순간에는 나를 좀 내버려 두고, 부담 갖지 말고, 3분짜리 노래도 생각하지 않고 하고 싶은 대로 합니다. 이후에 정리하는 내게 뒷일을 맡기는 거죠. 만드는 사람도 정리하는 사람도 저 한 명이긴 합니다만.

Q. 그럼 완성이 언제 되나요? '이 정도면 되겠다.' 하는 기준이 있으세요?

A. '이 정도면 되겠다'보다는 '이거면 뭐 문제 있나?' 쪽인 것 같아요. '이 정도'에 대해 어떻게 생각하는지는 모두가 다를 텐데, 모두의 기준에 다 맞춰야 한다고 생각하면 저는 한계를 느끼고 더 할 수가 없을 테니까. 전

항상 한계를 남들보다 많이 느껴 왔던 사람이거든요. 지금도 여전히 그렇긴 해요.

'책상을 바꾸면 진짜 잘될 것 같아' 이 생각을 하도 해서 결국 책상을 바꿨어요. 그러니까 다음엔 의자를 바꿔야 될 것 같더라고요. 책상도 처음엔 마음에 들었는데 좀 좁은 것 같고 서랍도 작은 것 같고. 그런 생각이 계속 이어지는데 어느 순간 스스로가 답답했어요. 매달 일정한 생활비가 나가지만 수입은 일정하지 않은 프리랜서 예술직 노동자로서 제가 만든 걸 빨리 팔아야 하는 상황인데 계속 책상 타령만 하고 있자니 안 되겠는 거죠. 만약 제게 시간도 자원도 무한대로 주어진다면 제가 어떤 것을 만들 수 있을지 모르겠지만 그런 건 너무 꿈같아서 상상도 잘 안 돼요. 그보다는 항상 한계를 염두에 두면서, 한계가 있어서 뭘 못하겠다기보다는 '매순간이 완성이어야만 한다'는 강박을 버리려고 노력해요. 이번에 부족한 점은 피드백을 받고 다음번에 변하면 되니까요. 제가 안 듣고 싶어도 사람들은 제가 만든 것에서 부족한

점을 금방 찾고 이야기하거든요. 그런 이야기를 들었을 때도 '아, 실패했다!'고 생각하지 않으려고 하고 다음번에 그 점들을 보완해서 시도해야겠다고 생각해요.

저도 사람들도 변하는 시간 속에서 함께 살기 때문에 최신작은 금방 전작이 될 테고 또 조금이라도 변한 제가 다음 작품을 할 테니까. 그래서 사실은 "언제까지 하겠다."라는 약속을 지키는 것으로 그날 끝난 것을 떠나보내죠. 그 약속을 안 지키면 제가 일을 못하는 사람이 되니까요. 다음을 위해 '이거면 뭐 문제 있나? 문제 있으면 다음번에 고친다!'하고 떠나보내요.

P.S. 하지만 문제가 너무 크고 많다면 제게 다음 일이 주어지지 않겠죠. 그때는 받아들이고 다른 직업을 찾게 될 거예요. 그런 생각을 하면 무섭기도 하지만 그렇게 큰 문제가 있는 사람이 창작을 계속하려고 고집할 이유도 없는 것 같아요. 저도 사는 동안 직업을 바꾸게 될 실수가 나올지도 모르니 항상 각오하고 있어요.

3부

그냥 존재랍니다

'미투 때문에' 여자 감독을 불렀다고요?

미투 운동으로 많은 남자 배우, 남자 연출가, 남자 교수, 남자 문인들이 줄줄이 소시지처럼 고발되고 있다. 그들의 공석에 새로운 여자 인력들이 들어가게 될 가능성을 점쳐 보았다. 정말 그래서인지는 모르겠으나 요즘 감독 의뢰가 하나둘 들어온다. 일을 할 수 있다는 건 기쁜 일이기에 반기는 마음이 컸지만, 엊그제 다녀온 드라마 제작사 미팅 이후 여러 가지 생각들로 복잡해졌다. 처음엔 남성 누군가의 공석 때문에 나에게 일이 들어오는 것도 기회라고 생각하고 희망을 가지고 미팅 자리에 나갔는데, 막상 제작자들을 만나 보면 뭔가 일이 이상하게 돌아간다는 생각이 들었다. 일 테면 현장의 이백 명 남자 중에 단 한 명의 가해자가 고 발당하고, 나머지 남자 인력은 여전히 그대로 돌아가는 마당에 단 한 사람의 얼굴 마담으로 여자가 투입되는 느 낌이었다. 결과적으로 내가 그 얼굴 마담 자리에 투입되 기 위해서 지금까지는 한 번도 여자 감독을 모셔 본 적 없다며 머리를 긁적이는 남자 제작자들과 미팅을 하게 된 것 같았다.

지금까지 한 번도 여자 감독을 모셔 본 적 없다는 게 거짓이 아니었는지 그들은 정말로 '여자 감독'과 대화하 는 방법조차 모르는 것 같았다. 여자 감독이건 남자 감 독이건 상관없이 감독을 대한다고 생각하면 될 일인데 그렇게 그들이 안절부절못하는 이유는 단지 '여자와 동 등한 입장으로 일을 할 수 있는가 혹은 해도 되는가'에 대해 스스로 대답을 찾지 못했기 때문이라는 생각이 들 었다. 그들은 안 해도 되는 말들을 자꾸 나에게 했다.

"마르셨네요."

"감독보다는 디자이너나 배우 같으세요."

"분위기 있으시네요."

그리고 가장 안 해도 되는 말인

"저는 페미니스트가 아니지만……"

같은 말들을 쓸데없이 읊었다.

과연 이들은 남자 감독에게도 이런 말로 대화를 시작하곤 했을까? 이들과 함께 일을 해도 안전할까? 역시 위험하다는 생각이 들었다.

많지는 않지만 감독이라 불리는 직책에서 몇 번 일을 해 오면서 여자이기에 느낄 수 있는 상황들이 매번 벌어졌다. 배우 미팅 현장에서 사람들은 자연스럽게 가장 나이가 많은 남자에게 먼저 눈을 맞추고 인사를 했다. 하루에 수십 명을 만나도 모두가 똑같이 행동하는 게 이상했지만 당연히 이유가 있을 거라 생각했다. 눈치껏 하는 눈인사가 끝나고 조감독이나 프로듀서가 나를 '감독'이라고 소개하면 뒤이어 '아이쿠!' '어머!' 같은 과장된 감탄사 들이 쏟아졌다. 한 제작사 피디는 내게 법인 카드를 건네주며 "룸살롱에 가시면 안 됩니다." 하고 너스레를 떨었다. 여러 남자 감독들이 법인 카드로 룸살롱에 가기에 혹시 몰라 내게도 미리 말하는 거라며 무척 재미있는 농담을 했다는 듯 옆에 있는 남자들과 함께 웃었다.

매번 미팅에 앞서 옷을 뭘 입어야 할지, 화장을 얼마나 해야 할지, 액세서리를 할지 말지, 한다면 몇 개를 할지 고민했다. 내게 가장 중요한 건 '일을 하는 것'인데 외모에 대해 매번 생각해야 하는 것이 힘들었다. 하지만 언제나 출근을 하면 얼굴에 대해, 몸에 대해 말이 쏟아졌다.

"밥 좀 드셔야겠어요."

"피곤해 보이세요."

"오늘은 화장이 떴네요, 피곤하신가 봐요."

"오늘은 화장을 안 하셨네요, 어제 피곤하셨나 봐요."

"자꾸 살이 빠지시는 것 같아요."

어떤 남자 동료는 평가하는 게 아니라 걱정이 돼서 하는 말이라고 덧붙였다. 지겹도록 들어온 그 말을 계속 듣는 게 정말 괴로웠다. 같이 일하는 남자 감독들은 캡 모자를 깊게 눌러쓰고 운동복 바지를 걸치고 심지어 슬리퍼를 끌고 나오기도 했다. 내가 일을 하러 나갈 때마다 듣는 외모 이야기를 그들은 듣지 않았다.

현장에서는 한 번도 화를 내거나 소리를 질러 본 적이 없다. 아는 남자 감독들이 일하는 현장에 응원차 구경 갈 때마다 맘껏 짜증 내고 소리 지르고 화를 내는 모습을 지켜보았다. 그들이 화를 내면 현장의 스태프들이 긴장을 하고 빠릿빠릿하게 움직였다. 아는 스태프들은 몰래몰래 내게 다가와 감정 노동의 피로감을 호소했으나 나에게는 일이 없었고 그 남자 감독에게는 항상 일이 끊이지 않았다.

내가 졸업한 학교에서는 '영화과 3대 미친년'이라 불리는 여자 선배들의 이름이 돌아다녔다. 그들이 왜 미친

년이라 불리는가 물었더니 이런 대답을 들었다.

'너무 고집이 세서'

'너무 이기적이어서'

"정말 그게 다야?" 하고 되물을 정도로 한심한 이유였다. 현장에서 욕을 하고 물건을 집어던지고 소리를 지르는 남자 감독이 이렇게나 많은데, 여자 감독은 현장에서 '고집이 세고' '이기적이라서' 미친년 소리를 듣는다니. 하지만 나도 그 소리를 듣고 싶지 않아 일을 할 때마다 주의했다. 고집 센 사람으로 보이지 말자. 소리 지르지 말자. 화내지 말자. 예민한 사람으로 보이지 말자. 정해진 시간을 지켜 촬영을 끝내기 위해 찍고 싶은 컷들도 포기했다. 하나라도 실수하지 않고 욕먹지 않는 게 현장에 나가는 목표가 되어 버렸다. 일의 효율이 좋다고 스태프들이 하나같이 칭찬했지만 다음 일이 들어오지 않았다. 함께 일했던 배우들이 몇 년이 지나도록 찾아오고 다음 작품을 기대하지만 그때마다 당장 들어갈 일이 없어 무안했다.

그래서 요즘 있었던 몇 개의 미팅을 성공적으로 성사시키고 싶었다. 첫 인사로 "마르셨네요." "감독님처럼 안 보이세요." "여자 감독이랑 일해 본 적이 없어서 무슨 대화를 해야 할지 모르겠네요." 같은 말을 들으면서도 마치 칭찬을 들은 것처럼 웃기도 했다. 누가 봐도 남성향 포르노임이 분명한 시나리오를 받았을 때도 '이거라도 하지 않으면 여자 감독이 설 자리가 점점 더 없어질지도 몰라.' 생각하며 그 자리에서 단칼에 거절하지 못했다. 급기야 활동명을 따로 하나 만들어 일을 계속해 나가야 하지 않을까 고민했다. 결국 몇 번 숙고한 끝에 거절하는 뜻을 전하며 앞으로 이 제작사에서는 절대 일이 들어오지 않을 것 같다는 생각을 했다. 역시 그랬다. 제일 오래 일하고 싶은 것, 제일 잘하고 싶은 것은 영화를 만드는 일인데 벌써부터 앞이 깜깜하다.

그 많던 언니들은 어디에 있을까?

어릴 때는 남자애들이랑 어울렸다

후레시맨 놀이 할 사람!!

나!!! 레드!

나나 레드!

(내가 모르는 얘기)

(모르는 얘기)

대장도 하고 싶었다

태몽도 그렇다고 하니

태몽이
아들 태몽이었어

그래?
그럼 아들처럼
살래!

가, 어때
멋지지?

← 남아용 한벌 정장

뭐든지 남자가 더 잘하는 건 줄 알았다

○○ 감독(男)은 이렇게 했고 ○○○ 감독(男)은 저렇게 했고 ○○○○○ 감독(男)은 그렇게 해서 영화를 만들었다고 한다. 정말이지 훌륭한 감독들이다. 참고로, 이들은 모두 소문난 애연가였다.

나도 소문난
애연가인데...

드디어, 입봉인가!?

저희 제작사는
여성 서사에 매우 흥미가 있고
여성 감독과도 (일해 본 적 없지만)
일하려는 계획입니다.
그래서..
오- 네
그렇습니까
대표
두근
두근

제가 이번에 제작하고자 하는 작품은
유명한 만화가 원작입니다. 에로 소설가인
여주가 평소 SM 플레이를 즐기는 등
섹스에 개방적인 이미지를 가지고 있지만
실은 성 경험이 없는 처녀였고
동정인 남주를 만나 진정한 에로의
첫 경험을 하게 된 나는 그런 진정성 있는

대표

에로 첫걸

내가 좋아하는 멋진 영화를
줄줄이 만든 이 제작사가 지금 나를
시험하는 걸까..?
이걸 거절하면
입봉 기회도 날리고
테스트 실격인 건가?!
어떻게
대답해야
정답인 걸까..

살아서 보자

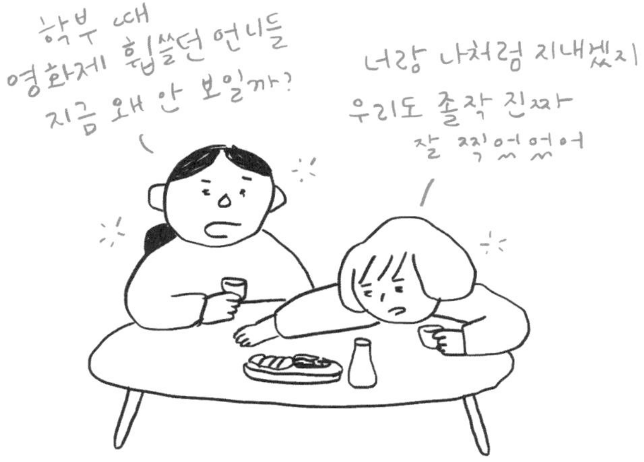

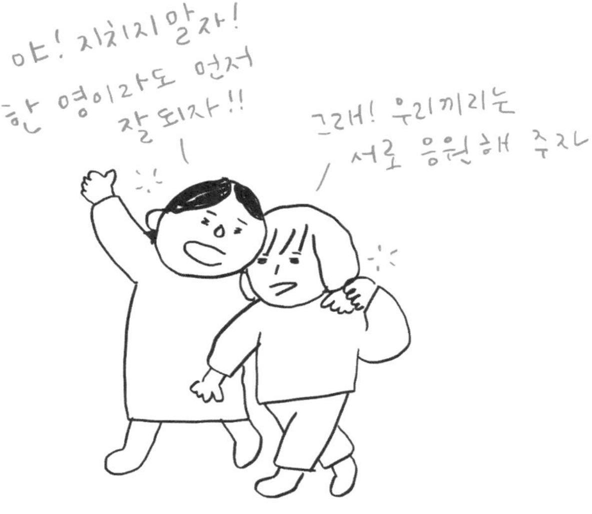
야! 지치지 말자!
한 명이라도 먼저
잘되자!!
그래! 우리끼리는
서로 응원해 주자

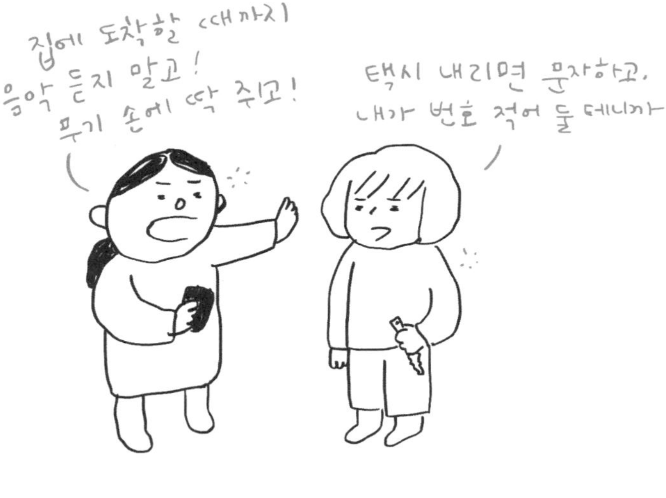
택시 내리면 문자하고,
내가 번호 적어 둘 테니까
집에 도착할 때까지
음악 듣지 말고!
무기 손에 딱 쥐고!

키스 연습과 가슴 재단

생리를 막 시작한 중학생 때는 가슴이 부쩍 성장해 커다란 브라를 하는 친구들이 어른스러워 보였다. 매일 잠들기 전 가슴이 커지는 마사지를 아무리 열심히 해 봐도 75A 사이즈에서 더 이상 커지지 않는 내 가슴이 볼품없다고 생각했다. 친한 여자 친구들과 방과 후에 모여 서로의 가슴을 보여 주고 만져 보았다. 서로의 손등이 끈적해질 때까지 입술을 갖다 대고 키스 연습을 했다.

"방금 어땠어? 진짜 잘한 것 같지?"

내 손등에 입술을 부드럽게 떼었다 붙였다 몇 번 반복하던 친구가 고개를 들고 물었다. 우리들의 키스 연습은 미래의 남성 파트너를 위한 것이었다. 모두가 그렇게 알고 있었고 우리가 서로에게 느끼는 묘한 감정에 대해 더 생각하지 않도록 차단했다. 키스 연습이나 가슴 재단을 끝낸 뒤에는 좋아하는 동네 오빠나 보이 그룹 멤버에 대해 열심히 이야기했다. 그러면서도 매일 서로의 입술에 뽀뽀를 하는 것이 우리들의 아침 인사였고, 교환 일기로도 모자라 수업 시간에 은밀한 쪽지를 주고받았다. 가장 친한 친구가 다른 친구와 더 친해질까 항상 경계하며 서로의 마음을 수시로 확인했다.

그럼에도 우리가 성적으로 관계를 맺을 상대는 항상 남성이어야만 했다. 그 외의 다른 사랑에 대해 생각해도 된다는 것을 알지 못했고 이야기하지도 않았다. 우리가 보는 책과 드라마 속 커플은 모두 남과 여였고, 그 책과 드라마 속 여성들과 비슷한 몸을 가져야겠다고 생각했다. 친구들 사이에서는 피부가 하얗고, 가슴이 크고, 키도 큰, 그러니까 책과 드라마에서 묘사되는 성인 여성과 제일 비슷한 외모인 친구가 부러움의 대상이었다. 그의 가슴은 공공재처럼 수시로 만져졌고 우리는 한 명씩 그를 껴안아 보며 훗날 그의 파트너 남성이 느낄 만족감에 대해 이야기했다.

"여자를 안았을 때 이렇게 가슴이 푹신하게 느껴져야 겠지."

옆에서 팔짱을 꼈을 때 상대방 팔에 가슴이 물렁하게 느껴지는 것이 당시의 우리가 생각한 좋은 여성의 자질이었다. 그런 이야기 속에서 나는 내 몸을 부정하고 또 부정할 수밖에 없었다. 왜 우리들의 쉬는 시간과 방과 후는 그런 이야기들로 채워졌을까? 우리가 잘하는 것, 훗날 하게 될 것, 요즘 재미있게 읽은 책과 본 영화, 롤 모델로 삼고 싶은 사람에 대해서 이야기하지 않았던 것일까.

항상 비슷한 이야기만 오가는 집과 학교에 갇힌 기분이었다. 어딘가에서는 새로운 일이 벌어지고 있을 것 같았고 그게 뭔지 알고 싶었다. 상상만 하는 키스와 섹스도 빨리 해치워 버리고 싶었다. 하지만 이 몸으로 괜찮을까? 이 몸을 보여 줘도 괜찮을까?

집과 학교 바깥에서 일어나는 일을 알고 싶었지만, 그곳에서 내가 성적으로 가치가 있어야 한다는 생각에 사로잡혀 있었다. 불쌍하고 부끄러운 시절이었다.

기능하는 몸

난 사실 멋 내는 게 좋아

아무도 모르게 은근히 슬쩍슬쩍

그런데 누가 멋 냈느냐고 물어보면

무슨 말인지 모르겠다는 듯이

내가 왜 그러는지 내가 왜

어려서부터 울 언니가 나보다 훨 예뻤어

얼굴도 작고 늘씬한 서구형 미인

그래서 내가 언제부턴가 멋 부리려 했더니

못생긴 애가 멋 부린다고 어른들이 놀렸어

그래서 그랬어 그래서 그랬어

누가 나보고 예쁘다고 하면

난 그 말만 듣고 그럼 나랑 사귀자고 했어

그런 식으로 만난 남자만 해도 벌써

한 명 두 명 세 명 네 명 다섯 명 여섯 명

일곱 명 여덟 명

내가 왜 그랬는지 내가 왜

그러니까 너도 함부로 나한테

남자관계가 복잡하다고 그렇게 말하지 마

잘 알지도 못하면서 알지도 못하면서

나 예쁘니 어디가 진짜 그럼 나랑 사귈래

잘 알지도 못하면서―이랑

이성애, 그리고 성애 중심의 사고방식으로만 살아왔

다는 점을 돌이켜 보게 되면서 이 노래를 부르기 싫어졌다.

한때는 남성 파트너가 나를 예뻐하는 것이 곧 내 가치를 인정받는 것이라고 생각했다. 그 외의 삶에 대해 알지 못했다. 예쁨을 받지 못하면 곧 가치가 없는 삶이었고, 그래서 연애를 쉴 수가 없었다. 주변에서 "연애를 쉬고 혼자 있어 보라." 하는 말을 들었을 때는 무서워서 그렇게 할 수가 없었다. 나 혼자, 혼자서는 내 가치를 느낄수가 없었다. 하고 싶을 때도 있었지만 대체로는 해야한다고 생각하면서 남성 파트너와 성관계를 맺었다. 그렇게 자주 하지 않아도 되고, 하기 싫으면 하지 않아도된다는 사실을 깨닫는 데 너무 오랜 시간이 걸렸다. 이행위가 아니면 나를 증명할 수 없는 것처럼 느껴 왔다.

포르노에서는 수많은 여성들이 강간을 당했다. 그러한 영상을 제작하는 사람들과 소비하는 사람들 모두가여성이 강간당하는 것을 좋아한다는 말일까, 궁금했다. 나에게 즐겁고, 만족스러운 성관계가 대체 무엇인지 알 수가 없었다. 그런 경험을 한 번이라도 한 적이 있었는 지 기억이 나질 않았다. 그렇게 알 수 없는 행위를 지금 까지 계속해 왔다는 사실이 실망스러웠다. 남성 파트너 에게 인정받으려고 했던 행위들의 처음부터 끝까지 모 든 게 역겹게 느껴졌고, 그걸 해 온 나 자신이 제일 역겨 웠다.

누군가 나를 만지는 것이 싫어져서 함께 살고 있는 파 트너와의 모든 스킨십이 불가능해졌다. 성애를 기본으 로 하는 모든 관계가 싫어지고 남의 관계를 보는 것까지 그렇게 됐다. 영화나 드라마에서 누군가 키스를 하면 구 역질이 났다. 섹스 장면은 말할 것도 없었다. 친구가 연 애 이야기를 하면 그 친구까지 싫어졌다. 세상의 너무 많은 사람들이 계속 그 이야기를 하고 있었다. 외로웠 다. 내가 예전에 쓴 글과 노래들이 낯설고 싫었다. 재수 없었다. 1집 타이틀곡인 '잘 알지도 못하면서'도 마찬가 지였다. 내가 나를 왜 이렇게 살도록 내버려 두었는가. 자책의 시간만 계속되었다. 누군가에게 만져지기 위한 몸이었던 내 몸을 다시 인식하는 데 오랜 시간이 걸렸다.

몸이란 무엇일까. 계속 생각하게 되었다. 시작은 허리 통증 때문이었지만 병원에서 재활 운동을 시작하며 몸을 다시 생각하는 경험을 했다. 기능으로서의 몸, 기능하는 몸. 내가 하고 싶은 일, 해야 하는 일을 하기 위해 함께 있는 몸.

팔과 다리, 허리와 배에 힘을 주는 법을 배워 나갔다. 힘이 잔뜩 들어가 있던 몸을 스트레칭하며 긴장을 풀었다. 긴장을 주었다가 풀었다가 하면서 기능하는 몸으로서 내 몸을 조금씩 돌보게 되었다. 운동 선생님 입에서 나오는 근육의 이름들과 운동 이름을 몇 개 주워듣고 집에 돌아와 혼자 따라해 보기도 했다. 운동을 하면서 선생님이 내 몸을 만지는 것은 매우 기뻤다. 운동 시작 전 선생님이 내가 자주 아픈 곳을 마사지해 주었고 힘든 근육 운동을 마치고 나면 운동시킨 근육을 만져 주었다. 그 시간만큼은 내 몸에 손이 닿는 것이 싫지 않았다.

이유를 모르고 섹스에 집중하던 시간과, 모든 스킨십

을 중단하고 타인이 몸을 만지지 못하게 하는 시간 동안 한 파트너만 만나고 있었다. 다행히 그는 내가 그 모든 혼란의 시간들을 보낼 수 있도록 기다리는 사람이었다. 성애에 환멸을 느끼고 심지어는 내가 가진 여성성이 싫어 가슴을 제거하는 수술을 하겠다, 혹은 성전환을 하겠다고 했을 때도 그는 그저 하고 싶은 걸 하라고 말해 주었다. 성전환을 생각해 보았지만 '남성'이라는 성을 갖고 싶지는 않았다. 가능하다면 어떤 성별도 갖고 싶지 않았다. 그런 수술도 가능한지 궁금했다.

재활 운동을 통해 기능하는 몸을 바라보기 시작한 뒤로는 변화를 줄 필요성을 점점 덜 느끼게 되었다. 콤플렉스로만 작용하던 '작은 가슴'이라고 평생 불러온 내 가슴에도, 성기에도 별 의미를 두지 않게 되었다. 그래서 내 몸을 좋아하게 되었는지까지는 여전히 모르겠다. 파트너가 다시 몸을 만지게 되기까지도 시간이 걸렸다. 마사지를 받는 행위를 통해서 조금씩 그가 나를 만질 수 있게 했다. 마사지를 받다가 조금이라도 성적인 의미를 느끼면 화를 내고 바로 중단했다. 어떤 스킨십에도 성적인 의미가 느껴지지 않아야 했다.

언젠가 동료 뮤지션에게 내가 부르지 않는 내 노래에 대해 이야기했을 때, 그는 '잘 알지도 못하면서'가 그렇게 이성애만을 좇는 한심한 노래로 들리지는 않는다고 말했다. 오히려 내가 겪어 온 혼란들을 이야기하기 때문에 그 노래를 좋아한다고 했다. 그 얘기를 들었을 때 '다시 불러도 될까' 하는 생각을 했지만 요 몇 년간 무대에서 한 번도 부른 적이 없다. 그래도 그 이야기를 해 준 동료 뮤지션의 말이 계속 기억에 남고 고마웠다.

거울을 본다

기능하는 얼굴

기능하는 몸에 대해 인식하면서 기능하는 얼굴에 대해서도 생각하게 되었다. 그동안 공연이나 강연 등 '무대'에 서는 날에는 무조건 화장을 했다. 그것도 꽤 진한 화장을 했다. 공연 전 한 시간 이상을 화장하는 시간으로 잡아 두곤 했다. 대기실에서 여성 멤버들끼리 서로 화장을 봐 주고 수정해 주었다. 어떤 팩트가 좋은지 어떤 글리터가 새로 나왔는지 자랑과 추천을 일삼고, 함께 해외 공연에 나갈 때는 시간에 쫓기면서도 면세점에서 화장품을 하나라도 더 사려고 뛰어

다녔다.

관객들이 보고 싶어 하는 건 지금의 내가 아닌 '꾸민 나, 더 멋진 나, 완벽한 모습의 나'일 것이라고 믿어 의심 치 않았다. 관객들에게 물어본 적도 없으면서 왜 그렇게 생각했는지 모르겠다. 하지만 인터뷰를 하러 가도 화장 을 한두 시간 받은 뒤에 사진을 찍었고 그렇게 나온 사 진들에 '멋지다'는 말을 들었기 때문에 무대 위의 얼굴 은 일상의 얼굴과 달라야 한다고 믿었다.

기능하는 몸과 기능하는 얼굴로 나를 다시 바라보게 되면서 화장에 대한 생각에도 변화가 생겼다. 무대도 기 능을 중심에 두고 다시 생각하니 그 형태와 조명, 쓰임 을 관찰하게 되었다. 음악을 듣기 위해 모인 사람들, 음 악을 연주하는 사람이 잘 보이도록 객석보다 높게 세워 진 무대와 조명, 소리가 잘 전달되도록 객석 쪽을 향한 스피커, 연주자들이 자기가 내는 소리를 확인할 수 있도 록 각 연주자들 가까이에 설치된 모니터 스피커 등을 말 이다. 한날 한 공간에 모여 음악을 듣기로, 혹은 음악을 연주하기로 한 약속을 지키기 위해 또 나의 역할을 수행하기 위해 필요한 것이 무엇인지 고민하기 시작했다. 그 약속에는 금전 거래도 동반되기 때문에 판매자로서 나는 '열심히 팔아야' 한다. 하지만 그 팔 것에 '화장으로 꾸민 얼굴'이 필요한가에 대해서 이제는 '그렇지 않다'고 생각한다.

다만 무대 위는 객석보다 혹은 평소 생활하는 공간보다 더 세게 작동하는 조명 때문에 얼굴이 빛에 다 지워지므로 얼굴이 더 선명하게 보이게 하는 화장을 한다. 그렇게 찍히는 사진을 보면 평소 내 얼굴과 다르지 않기에 전처럼 '역시 화장으로 꾸며야 되는 얼굴'이라는 생각을 덜 하게 된다. 기능으로서의 화장을 하니 화장 시간도 확연히 줄어들었다. 덕분에 공연 전에 다른 일들을 할 수 있다. 일테면 '밥을 먹는 것'. 전에는 화장하느라 시간에 쫓겨 밥 먹을 시간도 부족했다.

공연이 아니더라도 새로운 사람을 만나는 회의나 미팅에 나갈 때, 예전 같으면 '역시 화장을 해야겠지' 생각했겠지만 이제는 기능하는 얼굴을 떠올리면서 깔끔한 모습으로 나가는 것에만 신경을 쓴다. 상대방을 만나는 일에 제일 서로 신경 쓸 것은 냄새나지 않고 깔끔한 모습이니까. 상대를 배려하고 내가 내 모습으로 나가면서도 잠에서 덜 깬 부스스함이 아니라 정돈된 모습. 하지만 내 모습이 아닌 것처럼 느껴지지는 않을 정도로만 나의 몸과 얼굴을 정돈한다.

　이런 변화들이 나를 더 건강하게 만들고 있다. 그럼에도 여전히 내가 나에게 만족하고 내가 나를 사랑하고 내가 나를 칭찬하긴 어렵지만 말이다. 내가 나를 지켜봐주는 정도인 듯싶다.

기능하는 머리카락

　　　　　　　이십 대 때도 몇 번 머리를 짧
게 자르긴 했으나 서른 살에 머리를 잘랐던 것과는 정
반대의 이유였다. 이십 대 때는 '신선한 충격'을 위해 머
리를 잘랐다. 당시 만났던 파트너들은 내가 머리를 자른
날 꼭 성관계를 갖고 싶어 했다. 마치 다른 사람을 만나
는 것과 같은 기분을 내는 이벤트였다. 나 또한 머리카
락으로 그런 신선함을 줄 수 있다는 사실에 기뻐했다.

　서른 살에 머리를 자른 이유는 당시 파트너에게서 폭
력을 경험했기 때문이었다. 그전에 만났던 여러 남성 파

트너들에게도 정신적인 폭력과 폭언 등을 경험하긴 했으나, 물리적인 폭력을 경험한 것은 처음이라 그 충격이 매우 컸다. 그제야 나는 그런 폭력이 내가 '여성이라서' 겪게 된 것임을 느끼게 되었고 사회에서 나를 쉽게 여성으로 인식하게 하는 긴 머리카락과 옷차림을 바꿔 나가기 시작했다. 머리를 짧게 자르고 최대한 '여성스럽지 않은' 옷을 골라 입었다. 청바지에 남성 셔츠 등을 걸쳐 입었다. 여성적이지 않으려면 남성복을 입어야 하나 의문이 들었지만 일단 그렇게 입었다. 친구들은 장난스럽게 나를 '오빠'라고 불렀다.

머리를 짧게 자르긴 했지만 그것이 기능적으로 내게 어떤 편안함을 주었다고 이야기하기는 어렵다. 샴푸 사용량과 머리 말리는 시간은 줄었으나, 짧은 머리를 단정하게 유지하기 위해 미용실에 가는 횟수가 확연히 늘었다. 또 숱이 많고 굵은 머리카락을 정돈하려면 아침에 일어나자마자 모자를 쓰고 한동안 머리카락을 눌러야 했다. 머리를 하나로 묶을 수 있는 길이였을 때가 훨씬 손이 덜 갔다. 여름엔 노출된 목 뒤가 뜨거웠고 겨울엔 시렸다. 일할 때는 귀에 걸쳐지지 않는 앞머리가 자꾸 내려와 불편했다. 머리카락이 눈앞으로 쏟아지지 않게 하기 위해 긴 손수건으로 머리띠를 만들어 묶었다. 그렇게 하니 목덜미에 자꾸 여드름이 났다. 결국 눈앞으로 쏟아지는 머리칼을 들어 올려 고무줄로 묶었다. 머리 위로 분수를 뿜는 고래처럼 되었다. 최근에는 몇 년간 짧게 유지했던 머리를 조금씩 기르고 있다. 그렇다곤 해도 여전히 귀 뒤로 넘어갈 듯 말 듯한 길이다. 목표는 하나로 묶을 수 있을 때까지. 이십 대에 찍은 앨범 재킷에 있는 긴 생머리일 필요는 없다. 기능적으로 하나로 묶이면 된다.

한동안 '여성적으로' 보이지 않기 위해 유지했던 옷차림도 점점 내가 편하게 느끼는 쪽으로 변해 가고 있다. 남성복으로 나온 셔츠를 자주 사다 보니 입는 옷의 품이 점점 넓어진다. 상의 품이 커지니 외투의 품도 커진다. 거기에 맞춰 하의의 품도 커지고 이제 내가 가진 옷들은 대체로 예전에 비해 한 사이즈 이상 크다. 필라테스를 하게 되면서는 운동할 때 몸에 제대로 힘을 주는지 관찰할 수 있는 타이즈를 자주 입는다. 처음에는 운동하러 가서 옷을 갈아입는 게 귀찮아서 집에서부터 운동복을 입고 다니기 시작했는데 이제는 운동이 없는 날에도 종종 운동복을 입고 다닌다. 옷장을 살펴보면 공연 때 입는 무대용 의상(평소에 입기에는 재질이 얇고, 불편하고 주름이 많이 지는 옷) 아니면 운동복밖에 남질 않은 것 같다. 신발도 무대용 신발(흰색이나 검은색의, 일상 때가 많이 묻지 않은 신발) 아니면 평소에 신는 때가 많이 묻은 운동화들뿐이다. 여름에는 매일 슬리퍼를 신고 공연할 때는 샌들을 신는다.

예전에는 외모에 집착하는 것만큼 옷을 사고 모으는 일에 집착했었다. 원피스만 80벌 있는 게 내 커다란 자랑이었어서 그 숫자를 여전히 기억하고 있다. 옷을 걸기 위한 2단 행거 두 개와 1단 행거가 두 개. 서랍도 따로 많이 가지고 있었다. 지금의 변화가 환경에도 나에게도 좋은 방향이라고 믿고 싶다.

기능하는 이름

내 이름은 이랑이다. 한자로는 오얏 이(李), 여울 랑(瀧)이고, 영어로는 Lee Lang이라고 표기한다. 하지만 외국 친구들은 내 이름을 한글 소리 나는 대로 E-Ran이라고 부른다. 1986년부터 생긴 이 이름은 2020년 지금까지 유효하다. 엄마는 나를 랑랑이, 딸랑이라고 부르기도 했다. 어린 시절 친구들도 자주 랑랑이라고 불렀고 초등학생 때부터 공룡이라는 별명이 생겼기 때문에 공룡과 랑이를 합쳐 공랑이라고도 불렸다. 대학에서 만난 동기 언니들 그리고 친구들은 평범하게 성을 떼고 "랑아" 하고 불렀다. 앨범을 내고 음악 활동을 시작하고 난 뒤, 사회에서 만난 사람들은 내 이름을 본명이라고 생각하지 않는 듯했다. 내 이름을 활동명이라고 생각해 성을 붙여 '이랑'이라고 불렀다. 뒤에 씨, 님도 잘 붙지 않았다. 혼자서 활동할 때도, 밴드로 활동할 때도 똑같이 '이랑'이라고 불렀다. "이랑, 준비해 주세요." "이랑, 나와 주세요." 소리가 들리면 다섯 명이 같이 무대로 나갔다.

성을 붙인 풀 네임이 활동명처럼 불리기 시작한 직후에는 별 생각이 없었지만, '이랑'으로 불리는 날이 계속되고 "랑아, 랑이야." 하고 부르는 사람을 한 손에 꼽을 정도로 그 수가 줄어들자 알 수 없는 불안감이 찾아왔다. '이랑'이라는 소리가 곧 나를 뜻한다는 게 이상하게 생각되었다. 그럼에도 나는 '이랑'을 어떤 사람들이 소비하고 어떻게 회자되는지 알고 싶어 자주 인터넷에 검색했다. 사람들의 입에, 글에 오르내리는 '이랑'이 곧 나인가? 그 두 글자와 소리가 나의 전체를 뜻하는가? 그렇지 않은 것이 분명했지만 나는 어디서나 그렇게 불리고 있었다. 이 이상한 감각이 뭘까 오랫동안 고민했다.

'불리는 이름'에는 절대량이 있는 것 같았다. 이름이 너무 많이 소비되면 그 의미가 퇴색되는 게 아닐까. 생각을 거듭하다 보니 급기야 내가 '이랑'이라고 불리는 게 거북하게 느껴졌다. 내 이름이 가진 절대량이 거의 소진된 것 같으니 이름을 바꿔 볼까 생각했다. 혼자서 이 이름 저 이름을 붙여 보았고 어느 날엔 친구들에게 오늘부터 나를 ○○라고 불러 달라고 요청하기도 했다. 친구들은 어색해하면서도 몇 번 그렇게 불러 주었지만 곧 그렇게 불리는 것도 썩 좋지 않다는 것을 서로 느끼고 새 이름도 관뒀다.

그럼에도 여전히 이 어색함의, 이 불편함의 답을 찾을 수 없었다. 일단 나와 가장 자주 만나고 가까운 친구들과 작업실 동료들에게 나를 '랑이'라고 불러 달라고 했다. 그렇게라도 '이랑'이라고 불리는 날과 '랑이'로 불리는 날의 밸런스를 맞추면 나아질까 싶었다. 계속 나를

'이랑'이라고 불러 왔던 작업실 동료들과 친구들이 나를 "랑아," 하고 부르기 시작하고 좀 시간이 지나자 정말 마음이 좀 편해졌다.

'이랑'이라는 소리에는 '노동과 사회'의 의미가 무겁게 들어 있었던 것 같다. '랑이'라고 불렸던 시간에는 느끼지 못했던 피로감과 무게였다. '랑이, 랑아, 랑이야'라는 소리에는 외로움과 즐거움과 슬픔이 있었다. 밖에 나가지 않아도, 낯선 이들에게 얼굴과 목소리와 신체를 노출하지 않아도 되는 감정들이 '랑이'에게는 있었다.

'이랑'과 '랑이'의 균형을 맞추기로 한 뒤 일을 할 때의 나와 한 인간 존재로서의 나를 인식하는 것이 좀 쉬워졌다. 사람들 앞에 서는 노동을 끝낸 뒤 나는 '이랑'을 종료하고 '랑이'로 집에 돌아간다. 무대를 앞두고 대기실에 시간 확인을 하러 온 스태프에게 '아직 이랑을 만드는 중'이라고 대답하기도 한다. 그런데 '이랑'이 일을 하는 동안 '랑이'는 어디에 있는 것일까?

나와 너의 이야기

몇 주 전에 두 개의 강의를 시작했다. 하나는 열아홉 살부터 삼십 대 후반까지 열세 명이 듣는 음악 창작 수업이고, 다른 하나는 열두 명의 청소년을 대상으로 하는 예술 관련 워크숍이다. 청소년 대상 워크숍은 특정한 결과물을 내는 것이 목적이 아닌, 예술 분야 진로 상담과 대화 위주의 수업이다. 두 개의 수업 모두 첫 시간에 자기소개를 했다. 이때 수강생들은 자신의 성 정체성과 성 지향성·로맨틱 지향성에 대해 여러 가지 말로 소개했다. 영어도 있고 한국어도 있고 중복되는 말도 있는 것 같지만, 자기소개 시간에 수강생들이 사용한 말들은 다음과 같다. (열심히 받아 적었다.)

젠더퀴어, 팬섹슈얼, 데미로맨틱, 에이로맨틱, 에이섹슈얼, 팬로맨틱, 범성애자, 시스젠더, 바이섹슈얼, 레즈비언, 폴리아모리, 모노가미, 양성애자, 그냥 여성, 일단 여성, 헤테로.

그들이 자신을 설명하는 말들 중에는 내가 아는 말도 있고 모르는 말도 있었다. 모르는 말이 나오면 나는 그게 뭔지 물어보았고, 짧은 설명을 들었지만 그래도 여전히 모르겠는 말들도 있었다. 평소에 나는 모르는 것이 많다는 것을 두려워하는 사람이 아니라고 생각했지만 수강생들의 이야기를 듣고 공감하거나 이해하며 대화를 해 나가야 하는 이 수업에서 내가 모르는 것이 많다는 사실이 갑자기 두려웠다.

매년 새로운 청소년들을 만나며 많은 것들이 변화하

고 있음을 느낀다. 자신의 성 정체성, 성 지향성, 로맨틱 지향성을 표현하는 말, 생활 환경을 표현하는 말들이 점점 더 명확해지고 정돈되는 것이 보인다. 나도 이제 동성 친구에게 느꼈던 로맨틱한 감정을 설명하는 말이 있다는 것을 알게 되었고, 가족에게서 도망친 나를 설명하는 말이 있다는 것을 알게 되었지만 여전히 내가 나를 표현하는 말들은 전과 다르지 않다는 것을 느낀다. 몇 년 동안 이 노트를 펼쳐 놓고 '나는 여성인가 아닌가? 나는 어떤 성으로도 불리기 싫다.'라고 쓰면서도 내 상태를 젠더퀴어, 퀘스처너리, 에이젠더, 트라이젠더, 젠더리스, 뉴트로이스, 팬젠더, 젠더플루이드, 바이젠더, 안드로진 등의 단어들 중 무언가로 연결해 보려는 시도도 하지 않았다. 이런 나의 게으름은 예술 생산직에 종사하는 직업인으로서 반성해야 할 문제가 아닐까.

　서울 보광동에 사는 내 친구의 이름은 모지민이다. 여기까지 쓴 뒤 나는 다음 문장의 주어에서 쓰기를 멈췄다. 원래 쓰려고 했던 다음 문장은 '그녀의 직업은 드래그 퀸이고 드래그 퀸 네임이자 그녀가 가진 또 다른 이름은 모어(MORE)이다.'였다. 나는 이 글에서 모어를 '그녀'라고 쓰려고 했는데, 사실은 '그'라고도, '그녀'라고도 쓰고 싶지 않다. 모어도 아마 내가 '그'나 '그녀' 중에 하나로 지칭하는 것을 원하지 않을 것 같다.

모어를 처음 만난 건 2014년 가을이다. 나는 가수 L의 댄서로 무대에 오를 준비를 하고 있었다. 홍대 어딘가에 있던 걸로 기억나는 그 지하의 공연장 대기실에서 나는 모어를 처음 보았다. 나는 L이 나에게 준 (그의 말대로라면 도쿄 돔 공연에서 입었던) 반짝이 재킷을 입고 선글라스를 끼고 대기실에서 카메라맨과 놀고 있었다. 그 대기실 한쪽에 아무 말도, 미동도 없이 처음 보는 스타일의 화장을 하고 검은 드레스를 입고 '여자인지 남자인지 모를' 사람이 앉아 있었다. 그 사람이 바로 모지민/모어였다. 나는 아름다움으로 잔뜩 무장한 그 사람에게 다가가 그냥 "언니" 하고 불러 봤다. 모어는 대답은 하지 않았고 미소만 지어 보였다. 나는 곧 L과 공연을 하러 무대로 나갔고, 모어는 대기실에 있는 모니터로 내가 춤추는 걸 본 뒤, 무대를 마치고 헉헉대며 돌아온 나에게 호의적으로 말을 걸어왔다. 나는 내 춤이 모어에게 어떤 식으로든 감흥을 준 것 같아 기뻤다. 누구에게도 이해받지 못하는 존재의 슬픔과 외로움을 서로의 춤에서 엿보았던 탓일까, 그날 이후 우리는 서로 사랑하는 친구 사이가 되었다. (반대로 L과는 성추행 사건으로 곧 결별했다.)

우리는 만나면 볼에 키스를 하거나 입을 맞추고 서로를 껴안는다. 서로의 앞에서 속옷을 벗고 옷을 바꿔 입기도 하고 손을 잡거나 팔짱을 끼고 거리를 걷는다. 모어와 함께 다니면 모어를 '언니'라고 부르는 사람도 있고, '자기'라고 부르는 사람도 있고, '형'이라고 부르는 사람도 있고, '오빠'라고 부르는 사람도 있고, '엄마'라고 부르는 사람도 있다. 가끔 모어를 처음 본 사람들 중에 그 자리에서 "여자예요? 남자예요?" 하고 묻는 사람도 있다. 모어는 자신을 다양하게 부르는 호칭 모두에 대답하고, "여자예요? 남자예요?"라는 질문에는 그냥 말없이 웃는다. 모어는 자신을 '그저 아름답고 싶은 존재'라고 말할 때가 많다.

모어와 내가 옷을 맞춰 입고 어느 카페에서 찍은 사진이 인터넷 뉴스에 '이랑, 남편과 함께 나들이'라는 어처구니없는 제목의 기사로 나온 적이 있다. 우리의 모습과 우리의 관계는 어떤 사람들에게는 혼란으로 여겨진다. 모어는 자신을 아름답고 싶은 존재라고 하지만 모어의 어린 시절은 괴롭힘당하고, 두드려 맞고, 모욕을 당한 일투성이다. 모어는 그 기억을 여전히 괴로워하며 자신의 존재를 '치욕스럽다'고 저주할 때도 많다.

아름다운 존재이고 싶지만 평생 자신의 모습을 누군가에게 부정당하는 그 느낌은 내가 페미니즘을 접하고 여러 여성들의 이야기를 들으며 받았던 느낌과 비슷하다. 사회에서 '동등한 존재'로 살아가고 싶은, 하지만 수없이 부정당해 온 여성들이 꺼내 놓는 이야기는 너무나 소중하다. 그 이야기들 속에 나를 대입해 보고 공감하면서 나는 어떤 목소리를 낼 수 있을지 지금 이 순간에도 계속 고민하게 된다. 그리고 고민과 함께 더 많은 것들이 다시 보이기 시작한다.

내 수업에 찾아온 학생들이 자신의 상태를 다양하고 정확한 언어로 표현할 때, 출석부에 남·여로 구분된 성별란이 불편해진다. 각자의 파트너가 있는 모어와 내가 팔짱을 끼고 영화를 보러 가서 남·여로 분리된 화장실 앞에서 팔을 풀면서 느끼는 어색함은 언제나 불편하다.

나는 페미니즘이 '배제의 언어'라고 생각하지 않는다. 페미니즘은 '공감의 언어' '용기의 언어'라고 생각하며 누군가 페미니즘을 함께 말하기 위해 자신이 '여성'임을 증명해야 된다고 생각하지 않는다. 더 많은 언어로 페미니즘을 말해야 한다.

지난주 청소년 워크숍에서 수업이 끝나기 전, 수업 평가지를 나눠 주며 성별란의 남·녀 표기에 대해 어떻게 생각하는지 물었다. 수강생들은 성별 선택 항목을 아예 없애거나, '선택 안 함' 항목을 추가해 줬으면 좋겠다는 의견을 냈다. 결국 우리는 성별란에 '선택 안 함' 항목을 추가하기로 하고, 각자의 펜으로 칸을 그려 넣었다. 새로운 세대가 새로운 언어로 바꿔 나갈 많은 것들이 생생하게 다가오고 있었다.

어떤 꼬리표

왜 뭘 해도 따라붙지

그게 그렇게 놀랍나

그럼 감독님 모시고
관객과의 대화를
진행하도록 하겠습니다

그러는 나도

여러분의 안전을 책임질
기장 ○○○ 입니다.

그냥 존재합니다

2017년 12월, 2집 앨범이자 책으로도 나온 '신의 놀이' 낭독회 공연 전날. 나와 모어 그리고 무대에서 하녀 역을 맡은 배우 은이 이렇게 셋이 공연장으로 쓰일 북 카페에 모여 커피를 마시고 있었다. 갑자기 모어가 우리 뒤 테이블에 앉은 나이가 지긋한 신사의 얼굴을 보더니 깜짝 놀란 얼굴로, 그리고 아주 낮은 목소리로 나와 은이에게 "저기 저 사람! 엄청 유명한 소설가잖아!"라고 말했다. 나도 은이도 그 신사의 얼굴을 힐끔 훔쳐보았지만 누군지 전혀 떠오르지 않았고, 모어 혼자만 흥분해서 안절부절 난리였다. 내가 엄청 유명한 소설가 누구냐고 물어보자 모어는 "그 있잖아! 소나기, 소나기!"라며 그 엄청 유명한 소설가의 대표작을 말했고, 그제야 나도 은이도 "아아! 소나기 작가! 황순원이구나!" 하고 들뜨기 시작했다.

그때 우리는 『소나기』의 황순원 작가가 2000년에 별세했다는 사실도 몰랐고 우리 뒤 테이블에 앉아 있는 유명한 작가는 비슷한 이름의 다른 사람이라는 것도 전혀 눈치채지 못했다. 세 명 다 들떠서 가서 말을 걸고 사인을 받기로 했다. 으레 남에게 잘 다가가고, 말도 잘 거는 내가 앞장서 '소나기 작가'의 테이블로 용감하게 다가갔다.

나는 "선생님 안녕하세요! 실례지만 제 친구가 선생님 팬인데 사인 좀 부탁드려도 될까요?"라고 말했고, 모어는 타이밍에 맞춰 우아하게 다가와 (사인을 받으려는) 하얀 천 가방을 테이블 위에 '스윽-' 내밀었다. 작가는 사인 부탁을 아주 흔쾌히 받아 주시며, 모어가 내민 가방에 '○○○'이라는 본인의 이름 세 글자를 아주 잘 보이게 써 주셨다. (지금 생각해도 내가 사인을 부탁하며 그분의 이름을 말하지 않은 것을 천만다행이라고 생각한다.) 사인을 받던 모어는 "안녕하세요" "감사합니다" 등의 몇 마디 말을 던졌는데, ○○○ 선생은 모어의 목소리를 듣더니 고개를 획 돌려 얼굴을 본 뒤 "아니, 여자인지 남자인지 모르겠네요, 여자예요? 남자예요?" 하고 물었다. 모어는 선생의 그 질문에 그저 웃고만 있었다. 모어의 사인이 끝나고, 차례로 나와 은이도 사인을 받았다. 나는 다음 날 낭독하는 「신의 놀이」 앨범에다가 사인을 받았다. 그렇게 사인회가 끝나고 모두 만족스러운 기분으로 원래의 자리로 돌아와 앉았는데, 젊은이 세 명에게 사인을 해 준 뒤 기분이 들뜬 (것으로 보이는) 선생이 우리에게 말을 계속 걸어왔다. 하지만 선생이 건네는 말은 아까 모어에게 했던 그 질문의 반복이라는 것에 점점 그 자리와 그분의 이름과 그분이 내게 해 준 사인까지 불편해지기 시작했다.

"아니, 정말 궁금해서 그러는데 여자예요? 남자예요?"

그 질문이 몇 번이나 계속되고 모어는 으레 그 웃음으로 때우는데, 나는 무례한 질문과 모어의 어색한 대답이 불편해져 결국 큰소리로 대신 대답했다.

"그냥 존재예요, 선생님!"

선생은 그 대답을 듣더니, 껄껄 웃으며 "아아 그렇구나, 그냥 존재! 멋진 말이네요. 이래서 젊은 친구들과 더 많이 어울려야 되는데" 하고 시작되는, 그다지 자세히 적고 싶지 않은 이야기들을 이어 갔다. 우리는 담배를 피우러 가는 척 가방을 들고 자리에서 일어났다. 그날 선생이 모어의 천 가방에 사인과 함께 써 준 한 문장은 '다 지나가리라'였다.

4부

나의

깃발에는

용감한 고양이

어제는 수정 씨와 수정 씨의 골든 레트리버 토토와 함께 용현 씨의 어머니가 운영하는 오래된 찻집 '숲속의 섬'에 갔다. 수정 씨와 용현 씨와 나는 2007년에 한 이탤리언 레스토랑에서 일 년 동안 함께 일했던 동료 사이다. 두 언니들은 나보다 열 살이 많지만 지금까지도 서로 존댓말 반말을 섞어 하면서 인연을 이어 가고 있다.

'숲속의 섬'에서 밥을 먹는 길고양이 세 마리가 있었다. 열다섯 살 '꼬마'와, 나이를 알 수 없지만 꼬마보다는 훨씬 어린 '노랑이'와 꼬마가 어디선가 데려온 아기 고양이 '땅콩이'. 땅콩이는 이제 한 살이 되었다고 한다. 찻집 마당에서 이 세 마리 고양이와 커다란 골든 레트리버 토토가 적당한 거리를 두고 서로를 구경했다. 평소 산책 길에 고양이를 만나면 흥분해서 난리를 치는 토토도 이날은 왠지 잠자코 고양이들 맞은편에 앉아 있었다. 그 모습이 마치 천국같이 평화로워서 우리 셋은 세 마리의 고양이와 한 마리의 강아지를 마구 칭찬하고 감탄하면서 그 순간을 좋아하고 있었다.

고양이들 중 가장 나이가 많은 꼬마는 뒤쪽에 멀찌감치 떨어져 앉아 토토를 구경했고, 노랑이는 꼬마보다 조금 앞, 벤치 위에 앉아 있었고, 막내 땅콩이는 토토의 바로 앞까지 왔다가 뒷걸음질쳤다가 하며 겁 없이 구경했다. 토토는 수정 씨 옆에 가만히 앉아 고양이들의 움직임을 눈으로 좇았다. 그러다 갑자기 "왕!" 하며 토토가 자리에서 일어나 고양이들 앞으로 한 발짝 성큼 다가갔다. 그러자 놀라운 광경이 벌어졌는데, 토토의 짖는 소리에 깜짝 놀라 번개처럼 자리에서 사라진 땅콩이와 노랑이와 달리, 열다섯 살 꼬마가 앞으로 번쩍 튀어나와 토토의 얼굴 앞에 "하악!" 경계하는 소리를 지른 것이다. 그 찰나의 위험한 순간에 꼬마가 동생 고양이들을 지켜 주려고 제일 앞까지 튀어나와 소리치는 모습이 어찌나 당당하고 멋있던지, 우리 셋은 잠깐의 소동을 수습하는 와중에도 멋진 꼬마의 모습에 감탄을 거듭했다.

수정 씨 차를 타고 돌아오는 길. 우리는 꼬마의 멋진 모습을 계속 되뇌었다. 우리도 그렇게 살자고 약속했다. 빠져 있을 때는 제일 안전한 곳에서 상황을 살피고, 나서야 할 때는 누구보다 먼저 앞으로 나서서 약자를 지켜 주는 그런 사람이 되자고. 괜히 주접떨면서 설레발치는 어린 땅콩이처럼 살기엔 우리 다 나이가 들었으니 지혜로운 꼬마처럼 살자고.

집에 돌아오니 현관에 열세 살 준이치가 마중을 나와 있었다. 우리 준이치는 뚱뚱하고 겁이 많다. 집 안에서는 누구보다 제멋대로지만, 어쩌다 밖에 나갔다 들어오면 여기저기 얻어 터져서 들어온다. 나는 숲속의 섬 마당에 사는 꼬마처럼 준이치를 키울 수 있으면 좋겠다는 생각을 했지만 이미 너무 늦은 것 같다.

우리 집은 도시 안에 있는 낡은 다세대 주택이다. 베란다도 마당도 없고 창문엔 방범창이 감옥처럼 빽빽하게 설치되어 있다. 나와 준이치, 타케시는 월세 50만 원짜리 감옥에 산다. 준이치의 십삼 년을 이런 곳에서만 살게 하는 게 너무 미안하다. 너무 늦기 전에 준이치를 베란다나 마당이 있는 집에서 살게 해 주고 싶다.

준이치의 눈물

♡ ♡ ♡ 잘 좀 부탁합니다

주니!! 일본 출장

↑ 24시간 집에 있는 일러스트레이터 커플

준이치!! ← 공항에서 바로옴

어서와

후나닥

준이치-
나 왔어

이제 집에 갈까?

눈물→
방울ㅠㅠ

으아-
미안해 미안해

우리의 방

가끔 새벽에 준이치가 이상하리만치 힘차게 집 안을 뛰어다니곤 한다. 거실을 가운데 두고 양쪽 끝에 붙어 있는 이쪽 방과 저쪽 방을 몇 번이나 오가며 힘차게 뛰는 준이치가 코가 빨갛게 상기되어 헉헉거리고 있으면 그게 그렇게 귀엽고 또 그렇게 슬플 수가 없다. 준이치가 더 넓은 곳을 뛰어다니는 것을 보고 싶고, 준이치가 바깥바람을 느낄 수 있는 베란다가 있었으면 하는 생각이 든다.

집에서 나오기 전까지 부모님, 형제들과 아파트에 살

았기 때문에 나는 주택에 사는 모습을 꿈꿨고, 계속 그렇게 살아왔다. 나무 창문과 컨테이너 재질의 간이 창고가 익숙하고 이사 때마다 유난히 무거운 통돌이 세탁기와 냉장고를 들고 서울 여기저기로 옮겨 다녔다. 언제나 용달 트럭 한 대와 아저씨 한 명과 힘을 합해 이사를 했고, 이사 비용으로 20만 원 이상 쓴 적이 없다. 고시원과 옥탑, 학교 동아리방, 도시가스가 없는 낡은 집에도 살아보았다. 내가 이사 다닌 다가구 건물에는 언제나 옥탑과 반지하가 있었고, 언제나 사람들이 살고 있었다.

오늘은 국민 임대 아파트 신청을 하는 날이었다. 한 주 동안 아파트 정보를 프린트해 들고 다니며 지도에서 위치를 찾아보고 평수와 금액을 비교하며 후보를 좁히고 좁혀 마침내 하나를 선택했다. 단 한 군데만 지원할 수 있는 것이라서 거기까지 생각을 좁히는 데 고민의 시간이 길었다. 작업실 S언니와 함께 새벽까지 어디를 신청할까 대화를 나누면서 인터넷 정보를 뒤지다가 작년

커트라인 자료를 발견했다. 그 자료를 본 뒤로 잠을 이루지 못하고 오랜 시간 깨어 있었다.

열일곱 살 때 집에서 나와 고시원과 대학교 동아리방, 애인의 집과 친구네 집을 전전하면서 살아온 가난한 서울 시민인 나에게는 커트라인을 넘을 수 있는 점수가 없었다. 가산점을 얻으려면 '서울 연속 거주 기간'이 있어야 하는데 지금 살고 있는 이 망원동 투룸을 제외하고 제대로 전입 신고를 하지 않았기 때문에 내 서울 생활을 증명할 수가 없었다. 잠깐 월세를 살다가 돈 문제로 방을 빼고 학교 동아리방에서 살고, 친구의 방에 비비고 들어가 머물거나 했을 때 내 주소지는 경기도의 부모님 집으로 되어 있었다. 결국 서울 연속 거주 기간에서 1점밖에 가지고 올 수 없었다. 연령에서도 3점 만점을 얻을 수 있는 육십 대가 아니었기에 1점을 받았다. 다행히 주택 청약 횟수에서는 3점 만점을 받았다. 그렇게 해서 내 총점은 5점이 되었다.

하지만 작년 합격 점수는 11점, 12점, 14점 등 높은 점수들로 채워져 있었고 5점으로 합격한 경우는 한 건도 없었다. 총 10평도 안 되는 7~8평대의 작은 아파트를 월세 20만 원 이하 수준으로 얻을 수 있는 국민 임대 아파트는 1인 가구에게 좋은 기회이지만, 나에게 10점대를 돌파할 가산점을 줄 수 있는 사항이 없었다. 서울 연속 거주 기간 만점인 3점을 얻어 총 7점이 되었더라도 합격 가능성은 없었다. 그렇다면 10점대 이상의 사람들은 어디에서 점수를 얻는 것일까?

가산점 제도를 살펴보니 부양가족 수, 미성년 자녀 수, 중소기업 근로자, 건설 근로자, 기초 생활 수급자, 일본군 위안부 피해자, 한부모 가족, 국가 유공자, 북한 이탈 주민 등이 3~4점을 더 받을 수 있었다. 작년 10~14점대의 신청자들은, 서울 거주 기간과 주택 청약 횟수 만점을 받고도 한 항목 이상에서 가산점을 더 받았다는 얘기가 되는데⋯⋯. 1인 가구가 아닌 사람들이 10평도 안 되는 아파트에서 사는 모습이 갑자기 머릿속에 그려졌다. 내가 지금 사는 다가구 주택의 투룸도 11평인데, 7~8평대의 임대 아파트는 어떻게 생겼을까. 그 안에서 살고 있는 2인 이상 가구들은 공간을 어떻게 나누고 어떻게 운용하며 살고 있을까.

내가 얻을 수 있는 가산점이 이렇게 턱도 없는 줄 모르고 아파트 고르기에 한창 집중했을 때, 인터넷에 10평 아파트라고 치니 연관 검색어로 '10평 아파트 인테리어'가 나왔다. 한 평수씩 낮춰서 검색을 해도 똑같았다. 9평, 8평으로 숫자를 하나씩 낮춰 보았다. 5평까지는 '인테리어'라는 말이 연관 검색어로 뜨지만, 그 밑 평수부터는 '방 꾸미기'가 나왔고, 2평 방 꾸미기까지 갔다. '1평'이라고 검색하니 더 이상 '인테리어'라는 연관 검색어가 뜨지 않고 '1평 크기'가 나왔다. 1평은 인테리어도 방 꾸미기도 나오지 않았다.

나를 돌보는 일

어릴 때는

엄마가 살려줬다.

지금은 내가 나를 살려야 한다

랑아, 밥 먹어

생리니까
스테이나
음식을 먹어야지

랑아, 못 입어

밖에 나갈 땐
사람처럼
보여야지

랑아, 달리기해

랑아, 죽지마

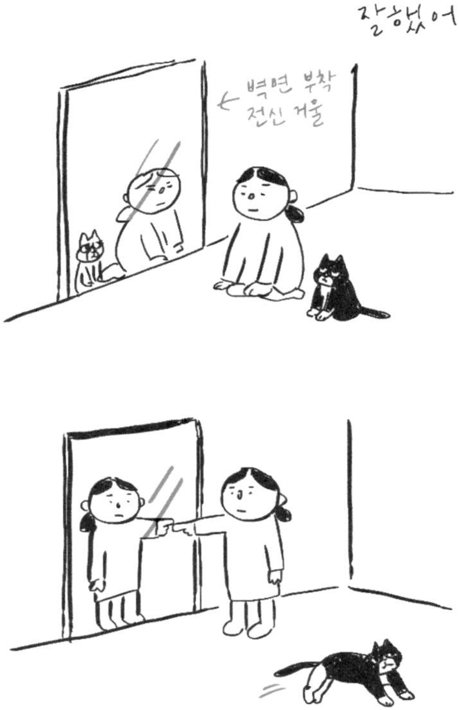
잘했어
← 벽면 부착
전신 거울

하우스 보광(House Vogue-wang).

이더즌, 박철희, 유혜미, 조유리, 모지민, 나 그리고 나
의 집사람 타케시와 유리의 집사람 콩부가 '하우스 보
광' 식구들이다. 앞의 다섯 명은 보광동에 살고, 나와 타
케시는 망원동에서 고양이 준이치와 함께 동거 중이다.

보광동 이슬람 사원보다 더 위쪽에 있는 옥탑방에 반
전세로 살며 동거하는 이더즌과 박철희는 사귄 지 'n년'
이나 되었지만(오래되었다는 것만 생각나고 정확한 건

생각이 안 난다.) 2~3일에 한 번씩 싸우는 걸로 유명한 커플이다. 보통 둘이 싸우면 다 같이 만나기로 한 자리에 더즌이만 나올 때가 많다. 그럴 때 더즌이는 엄청나게 안 좋은 얼굴로 나타나고 철희는 문자나 전화를 씹는다. 그렇게 철희는 내 생일 날에도 안 왔고, 어쩌다 한 번 내가 요리를 했던 날에도 안 왔다. 그래도 나는 철희가 밉지 않다. 왜냐하면 화가 난 철희는 너무 귀엽기 때문이다. 철희는 자기의 화난 모습을 보고 귀엽다고 하는 걸 되게 싫어한다. 근데 철희는 정말로 귀엽고, 평소에 옷도 귀엽게 입는다. 철희는 '햇빛서점'이라는, 자기처럼 귀여운 이름의 퀴어 전문 서점을 보광동에서 하고 있다.

더즌이는 목사 아들 게이다. 진짜로 목사의 아들이면서 게이다. 더즌이는 『목사 아들 게이』(더즌 외 4인 지음, 써니북스 2017)라는 책도 냈다. 나는 더즌이가 그 책 마지막에 쓴 수필을 읽고 정말 꺼이꺼이 울었다. 근데 더즌이는 막상 그 글을 쓸 때 전혀 울지 않았다고 했다. 나는 더즌이가 울지 않고 수필을 썼다는 것에 심하게 충격을 받왔다. 왜냐하면 나는 매번 글을 쓰면서 울고, 읽으면서 울고, 고치고 다시 읽으며 몇 번이나 울기 때문이다. 심지어 오늘 보광동 식구들에 대해 써야지 하고 이름만 써 놓고서도 눈물이 났다. 더즌이는 수필을 쓰기 전에 어떻게 쓸까 고민하면서 내 2집 앨범이자 책인 「신의 놀이」를 읽었다고 했다. 그래서 나는 더즌이가 『목사 아들 게이』도 나처럼 울면서 썼기를 내심 바랐던 것 같다. 막상 자기 수필은 울지 않고 쓴 더즌이는 어제 나랑 같이 만화방에 가서 만화책을 보며 두 번이나 울었다.

보광동 보광초등학교 길로 쭉 들어가면 나오는 가구 쇼룸 겸 집에 살고 있는 유혜미는 내가 '해미'라고 오랫동안 쓰고, 그렇게 불러 왔다. 해미에게는 본명 유혜미라는 이름도 있지만 어릴 적 이름이면서 본인의 가구 브랜드 '소목장 세미'에도 쓰인 '세미'라는 이름도 있고, 디제이 이름인 '씨씨(SEESEA)'도 있다. 해미는 얼굴만 봐도 눈물이 줄줄 나는 내 오랜 친구다. 그래서 뭐라고 써야 될지 모르겠다. 해미는 '내가 제일 기쁠 때나 제일 슬플 때나 제일 힘들 때 항상 옆에서 힘이 되어 주는' 친구다. 이렇게 쓰고 보니 이 문장은 결혼할 때 신랑 신부가 사람들 앞에서 소리 내어 읽는 그 문장이랑 비슷한 것 같다. 그러니까 해미는 내 신랑이나 신부 정도로 옆에서 힘이 되어 주는 친구다. 반대로 내가 해미에게 힘이 얼마나 되고 있는지는 장담할 수가 없다. 해미는 정작 자기 힘든 일을 숨기고 나한테 잘 얘기하지 않는다. 나는 내가 '말하는 사람'이고 '들어주는 사람' 역할을 잘 못하기 때문에 해미가 나에게 잘 얘기하지 않는 것 같다고 생각한다. 해미는 '잘 들어주는 사람'인 타케시나 철희, 유리에게는 종종 편하게 자기 얘기를 하는 것 같기 때문이다. 나는 그래서 '잘 들어주는 사람'이 아닌 내가 부끄럽다. 그러면서도 해미를 만나면 항상 내 이야기를 먼저 줄줄 쏟아 놓는다.

보광동 기업은행 쪽에 살고 있는 금속공예인이며 메이크업 아티스트인 조유리는 보광동 식구들 사이에서 '잘 들어주는 사람'으로 유명하다. 하지만 조유리를 처음 만났을 때, 그런 사람일 거라고는 전혀 생각하지 못했다. 얼굴의 좌우대칭이 완벽하다고 강남의 성형외과 원장도 인정한 컴퓨터 미인, 항상 깍듯하게 유지하는 시그니처 칼 단발. 거기에 쏘는 듯한 특유의 말투까지 합치면 조유리의 첫인상 완성이다. 하지만 조유리가 차가운 사람일 거라고 판단했던 나 포함 주변 사람들은 그녀의 따뜻한 인성을 경험한 뒤 많은 반성을 했다. 내가 조유리와 친해진 것은 서른이 된 이후의 일이다. 그 전에 몇 년이나 서로 알고 지냈고 심지어 같은 동네에 2~3분 거리에 살았을 때도 친해질 생각을 못, 아니 안 했었다. 그러다 서른 살에 처음으로 친밀한 관계의 남성에게서 폭력을 경험한 뒤, 무너져 내린 자존감을 회복하는 방법을 찾기 위해 나는 본능적으로 그녀를 찾았다. 당시 나는 내가 너무 못났다고 느끼고 있었고, 내 주위에서 가장 예쁘다고 생각되는 조유리에게 외모 조언을 들으면 못난 내가 좀 좋아질까 싶어 그녀에게 문자를 보냈다. 그때 조유리는 '애가 왜 나한테 어이없게 들이대지?'라고 생각했다는 것을 추후 고백했지만, 당시에는 친철하게 자기 집에 초대해 내 눈썹을 예쁘게 정리해 주었다.

보광동 종점 쪽에 살고 있는 드래그 퀸 모지민/모어는 내가 보광동 식구들에 대해 글을 쓴다고 공표하자마자 왜 자기 이름이 다섯 번째에 나오냐며 서운해하는 사람이다. 모어는 항상 그렇다. 모어는 항상 자기 사랑을 증명하고 상대방도 자기에 대한 사랑을 증명해 주기를 바란다. 모어는 나를 '천재 아티스트'라고 자주 부르고, 자기 주변 사람들에게도 나를 그렇게 소개하는데 나는 그럴 때마다 내가 '천재 아티스트'가 아니게 되었을 때, 그때도 모어가 나를 사랑할까 하는 생각이 든다. 모어는 내 공연이나 행사에 빠짐없이 참석하면서 항상 게스트석이 마련되어 있기를 바란다. 나는 언제 어디서나 주목받고 싶어 하는 모어의 열망을 알기에 객석에서도 모어가 주목받을 수 있게 공연 중 모어를 지목해 말을 걸기도 한다. 모어는 그럴 때, 거침없이 소리를 지르며 큰 소리로 대답하는데 나는 그게 참 좋다.

하우스 보광 식구들은 보광동 여기저기에 흩어져 산다. 그래도 망원동에 사는 나보다 훨씬 가깝게들 살고 있다.

오늘도 이야기할 수 있어서 좋았다

2019년 3월 21일 목요일 오전 11시 08분에 더즌이가 '하우스 보광' 그룹 채팅방에 보낸 메시지는 죽을 때까지 잊지 못할 것 같다.

얘들아~

안뇽~~~

오늘 세시 반에 입원할 거 같앵

내가 좀 심각한 병이래~

ㅋㅋㅋ

당시 나는 6일 간의 도쿄 일정을 마치고 돌아와 기절하듯 자고 막 일어난 참이었다.

나 간암이래

헤헤ㅗㄴ

더즌이가 장난을 친다고 생각해서 일단 바로 전화를 걸어 보았다. 내 몸뚱아리는 뒤죽박죽 엉킨 이불 속에 같이 엉켜 있었고 누운 채 귀에 핸드폰만 갖다 댔다. 신호 연결음이 끊기고 소란한 주변 소리와 함께 등장한 더즌이가 깔깔 웃으며 말했다.

랑아 나 암이래!

갑자기 눈물이 줄줄 났다. 내 우는 소리를 듣더니 더즌이가 웃으면서 울지 말라고 했다. 입원 준비를 해야 하니 나중에 다시 통화하자고 했다. 전화를 끊고 나서 바로 후회했다. 울지 말았어야 했는데. 제일 힘든 당사자 앞에서 내 감정부터 드러내지 말았어야 했는데. 또 실패했다. 몇 번이나 실수를 해도 왜 이렇게 고쳐지지 않는 걸까.

2019년 1월 1일. 오전 11시 35분에 도쿄에 있는 후쿠다 상에게서 온 메시지도 여전히 그리고 아마 영원히 잊을 수 없을 것이다.

ランちゃん、カイちゃんですが、ただいま息を引き取りました。最後まで本当にありがとう。

(랑 짱, 카이 짱 일입니다만, 방금 숨을 거두었습니다. 마지막까지 정말 고마웠어.)

2018년 3월, 나의 두 앨범 「욘욘슨」과 「신의 놀이」 일본판을 디자인해 주었던 카이 짱의 뇌종양 투병 소식을 들었다. 1인 레이블 '스윗드림프레스'를 운영하는 후쿠다 상의 파트너이며 프리랜서 디자이너인 카이 짱은 내가 일본에서 공연할 때마다 입구에서 앨범 판매를 도와주었고, 공연 후 집에 초대해 맛있는 음식을 대접하거나 준비해 둔 선물을 건네주던 고마운 분이다. 공연장에 카이 짱이 오지 않아 의아해하니, 공연이 끝나면 말하려 했다며 후쿠다 상이 카이 짱의 투병 소식을 공연 20분 전에 말해 주었다. 그때부터 울기 시작한 나는 결국 공연 중간에 카이 짱 이야기를 꺼내며 울어 버렸다.

이후 7월에 병원에 찾아가 체중이 20킬로그램 줄어든 카이 짱을 만났을 때 '건강해지세요'라고 쓴 카드를 전해 주고 돌아 나와 병원 화장실에서 엉엉 울며 카드에 쓴 말을 바로 후회했다. 언제부터 나는 '건강하다'는 게 우리 관계에서 당연한 것, 기본인 것이라고 생각하고 있었던 것일까. 내 주위에 아픈 사람들이 이렇게 많고, 심지어 나조차도 무리한 몸을 끌고 이 병원 저 병원 찾아다니면서 말이다. 왜 아픈 친구에게 무슨 말을 건네야 할지 몰라 울기부터 하고, '건강해지라'는 카드를 적어 그걸 선물이랍시고 건네는 실수를 하는 걸까. 정말 병과 아픔에 대해 아는 게 너무 없다는 생각을 했다.

그래도 나는 그나마 빨리 실수를 깨닫고 후회하는 사람이라서 다행이라고 생각했다. 카이 짱에게 '건강해지라'고 쓴 카드에 대해 후회하고, 후쿠다 상과 상의해 카드에 적은 말에 대해 사과를 전하며 '건강해지세요' 대신 '아파도 만날 수 있어서 좋았다'고 메시지를 바꿨다.

그리고 마지막으로 카이 짱을 만난 10월. 나는 7월보다는 훨씬 더 자연스럽게 카이 짱과 대화할 수 있었다. 침대에 누운 카이 짱은 수술 후 계속 흔들거리는 머리와 손, 그리고 반쯤 마비된 입술을 움직여 말을 했다. 서울에 놀러 왔던 때 같이 먹으러 갔던 평양냉면과 칼국수 이야기를 했다. 중간중간 목에 걸리는 가래를 뱉어야 했고 기침하는 동안엔 대화를 잠시 멈추어야 했다. 저녁에 온천에 가고 싶다는 나에게 카이 짱은 전에 가 봤던 가까운 온천을 추천해 줬다. 나만 온천에 갈 수 있고 카이 짱은 추천만 해 줄 수 있지만, 그래도 역시 만날 수 있어서 좋았다.

나와 내 친구들은 건강하지 않다. 앞으로 더 많이 더 자주 아플 것이고 카이 짱처럼 더 이상 만나지 못하게 될 수도 있다. 이러나저러나 친구들을 만나는 시간은 항상 소중하다. 더즌이의 간암 소식을 듣자마자 울어 버린 실수에 대해서도 그와 얼굴을 보고 서로의 생각을 이야기할 수 있기에 이 관계는 편안하다. 우리는 더 자주 서로의 앞에서 눈물을 보이게 되었지만, 그 순간들도 점차 익숙해질 거라는 걸 알고 있다.

하우스 보광 채팅방에서 자주 쓰이게 된 '암'이라는 글자를 읽는 것에, 쓰는 것에 전처럼 긴장하지 않는다. 암 투병에 마라톤이라는 별명이 붙어서만은 아니고 서로의 관계를 지속하고 싶기 때문이다. 우리는 마라톤을 함께 뛰기 시작했다. 우리에게 벌어지는 사건들이 내달리는 속도보다 우리들이 그걸 따라가는 속도가 조금 느린 것 같지만, 그래도 괜찮다.

오늘도 이야기할 수 있어서 좋았다.

사라져 줘

생리통이 심한 날이었다. 낮에 먹은 빵 한 조각이 들어 있는 위장에 진통제를 밀어 넣고 더즌이네 집을 향해 나섰다. 이번 달, 아니 이번 주부터 일주일에 이틀은 쉬어야겠다고 생각해 수요일과 일요일을 쉬는 날로 막 정한 참이었지만, 프랑스 앙굴렘 만화 학교에 다니고 있는 헨이 한국에 들어와 더즌이 얼굴을 보고 싶다고 해 더즌네 집에서 모이기로 했다.

이슬람 사원보다 한참 안쪽에 있는 더즌과 철희의 옥탑방을 향해 헥헥대며 걸어 올라갔다. 옥탑방의 가벼운

철문을 열고 노래를 부르며 거실 문을 밀어젖히니 방 안에 앉은 더즌과 철희 그리고 빨간 립스틱을 바른 채 미소 짓고 있는 헨이 보였다. 헨의 빨간 입술과 달리 더즌이의 입술은 오늘따라 창백한 아이보리색이었다. 한 주 만에 또 살이 빠졌는지 반바지를 입은 더즌의 다리는 마른 장작처럼 가늘었다. 친구들 사이에서 제일 키도 크고 몸이 두툼했던 더즌이는 항암을 시작한 지 한 달 만에 10킬로그램이 빠졌고, 이후로도 계속 살이 빠지고 있다.

나는 가끔 체력이 있을 때 더즌이를 눕히거나 앉혀 두고 마사지를 한다. 항암을 하면 생긴다는 '연관통' 때문에 더즌은 어깨나 등, 목과 가슴을 왔다 갔다 하는 통증에 매일 시달린다. 잠을 못 이룰 정도의 거센 통증에 딱딱하게 긴장된 몸을 조금이라도 풀어 주기 위해 오늘도 마사지를 권했다. 더즌이는 가슴께가 아프기 때문에 목이나 어깨를 마사지하는 건 소용이 없다며 거절했다. 알았다 하고 오랜만에 만난 헨과 시시콜콜 얘기를 나누다 갑자기 배가 고프다며 헨과 철희가 부엌으로 사라진 틈을 타 더즌이를 내 앞에 앉히고 자연스럽게 어깨를 주무르기 시작했다. 가슴께가 아프다던 더즌이는 조용히 마사지를 받으며 앞을 보고 조잘거렸다.

요 며칠 계속 딸꾹질이 났어. 좀 이상해서 인터넷에 찾아보니까 간암 말기 환자가 임종 때가 되면 하루 종일 딸꾹질이 안 멈춘대. 암 수치가 낮아져서 분위기 좋던 환자도 딸꾹질을 하기 시작하면 암 병동 공기가 싸해진대.

가슴이 싸해지는 무서운 이야기에 팔에 오소소 소름이 돋았다. 무릎 사이에 걸쳐져 있는 더즌이의 양팔은 서로의 체온으로 덥혀져 뜨듯했다. 한낮, 여름 공기에도 서늘함을 느끼는 것 같아 선풍기를 옆으로 밀쳐놓고 후덥지근한 마사지를 이어 나갔다.

우리들은 서로를 만지는 일이 자연스럽다. 매주 화요일 보광동의 한 연습실을 빌려 모어의 요가 수업을 들을 때도 서로의 몸을 구경하고 만지며 낄낄댔고, 수업이 끝나면 꼬르륵거리는 소리를 내며 팔짱을 끼고 가파른 내리막길을 걸어 과자와 라면을 사러 갔다. 나는 스킨십이 없는 가족과 함께 자랐기에 지금까지 사귀어 본 몇몇 이성 파트너 외에 다른 사람을 만지는 일이 어색했었다. 하지만 이 친구들, 특히 유리와 더즌이를 만난 뒤 친구들끼리 서로를 만지는 것에 익숙해지고 있었다. 더즌과 철희의 좁은 옥탑방에 우리들이 모두 모여 있을 때면 어쩔 수 없이 서로의 다리에 발이 닿고, 어깨에 머리가 닿고, 허벅지에 팔이 걸쳐졌다. 작은 2인용 소파 위에 앉은 친구들이 바닥에 앉아 소파에 등을 기댄 친구의 머리카락을 만지작거리거나 어깨를, 팔을 만졌다. 몸과 근육에 대해서는 모르는 게 없는 발레 전공자 모어는 내가 아프다는 곳을 세게 눌러 주거나 밟아 주었다. 그렇게 옹기종기 모이는 게 익숙해진 이 친구들을 만지고 안는 것에 별다른 거부감이 없어진 상태였지만, 살이 쭉쭉 빠져 지방도 근육도 없는 더즌이의 마른 몸은 새롭고 낯설었다.

철희가 사 둔 마사지밤을 써 보려고 더즌이의 웃통을 벗겨 침대 위에 눕혔다. 힘도, 근육도, 지방도 사라진 친구의 아이보리색 피부는 흐물흐물했고 통증이 심한 목과 어깨와 등은 딱딱하게 굳어 있었다.

이타이노 이타이노 톤데유케!(아픔아 아픔아 사라져라!) 생리통에 아파하는 내 배를 주무르며 일본인 파트너 타케시가 외우던 주문을 마음속으로 외워 봤다. 조용한 음악을 틀어 놓은 더즌이의 방. 웃통을 벗고 누운 그의 엉덩이에 올라타 체중을 실어 부드럽고 확실한 힘으로 눌렀다. 피부끼리 마찰되며 생기는 열에 마사지밤이 부드럽게 녹아 향기를 냈다. 방문 밖에서 철희와 아이들이 식사 준비를 하며 웃는 소리가 간간이 들려왔다.

내가 사랑하는 친구의 몸.

그의 파트너 철희가 사랑하는 몸.

우리가 사랑하는 더즌이의 몸.

우리가 사랑하는 더즌이의 몸속에는 커다란 암 덩어리가 있다. 우리는 더즌이를, 몸을 사랑하기 때문에 그의 몸속에 있는 암 덩어리를 한껏 미워해야 그것이 사라져

줄지, 아니면 한껏 사랑해야 그것이 물러나 줄지 잘 모르겠다. 우리 부모들 책꽂이에 꼭 한 권씩 꽂혀 있던『물은 답을 알고 있다』(에모토 마사루 지음, 나무를심는사람 2002)라는 책에서, 컵에 담긴 물에 '사랑해'라고 말하면 물의 결정이 아름답게 변하고 욕을 하면 결정이 밉게 우그러졌던 걸 기억한다.

우리는 그의 가슴께에 대고 말을 건넨다.

사랑해, 그러니까 이제 좀 꺼져 줘.

통증

첫 번째 에세이집에서 턱 통증에 대해 길게 쓴 적이 있다. 그 책을 발표한 뒤 만나는 사람들이 종종 '지금 턱이 아프냐'고 묻는다. 인터뷰를 하러 나간 자리에서 인터뷰어가 묻는 경우도 많다. 턱 통증은 2011년 즈음 시작되어 2016~2017년까지가 가장 심했고, 이후로 조금씩 나아졌다. 턱 통증이 가장 극한으로 치달았던 시기에는 통증의 원인이 될 수 있는 스트레스를 피하기 위해 바깥에 거의 나가지 않았다. 아니, 나갈 수가 없었다. 문밖으로 나서기만 해도 입을 벌릴 수 없을 정도로 턱이 아팠기 때문이다. 그때부터 사람이 많은 곳에 잘 다니지 않는 게 습관이 되었다. 전시회, 극장, 대중교통, 번화가 등 가지 않는 곳이 늘어났다. 잠깐 버스를 타거나 카페만 가도 아팠기 때문에 좋아하는 카페도 잘 가지 않았다. 친구를 만나도 친구의 집 혹은 내 집에서 만나고 이동할 때는 자전거를 타거나 택시를 탔다. 그런저런 습관의 변화 덕인지 턱 통증은 조금씩 완화되었다. 하지만 새로운 아픔들이 몇 개 더 늘어났다.

극한의 긴장감과 노동 강도를 요했던 대기업 용역 감독 시절에는 자주 이가 시렸고 손발이 저렸다. 어떤 날은 기절할 것 같은 현기증이 나서 비틀거렸다. 그 일 이후에 스트레스 강도가 센 상황이 되면 이가 시리고 손발이 저렸다. 시림과 저림은 새로운 통증이기에 턱 통증과 달리 새롭게 불편했다.

2016년 「신의 놀이」 앨범을 발매하기 직전에 의료 사고로 오랜 친구를 잃었다. 다음 정규 앨범을 준비하고 있는 지금, 너무나 사랑하는 동갑내기 친구가 암 투병

중이다. 발견 당시 이미 말기였던 간암은 폐로도 전이가 되었고 상태가 썩 좋지 않다. 새 앨범을 친구와 함께 들을 수 있을까. 다음 생일 파티를 함께할 수 있을까. 친구와 되도록 자주 만나려고 노력하면서 헤어질 때마다 그 생각을 멈출 수 없다. 일 년 뒤 오늘 우리는 함께 있을까. 나의 아픔과 주변 친구들의 아픔이 날로 늘어나면서 언제부턴가 나는 하고 싶은 것에 대해 잘 말하지 않게 되었다. 내년엔 영화 시나리오를 써야지. 감독 일을 해야지. 앨범을 내야지. 저기서 공연을 해야지. 빨리빨리 해야지. 이걸 하고, 저걸 하고 다음엔 그걸 해야지.

어쩌면 올해 벌어질지도 모르는 소중한 친구와의 이별을 조금 더 구체적으로 상상하게 되면서 턱이 아프도록, 이가 시리도록, 손발이 저리도록 일을 해야 하는 이유가 점점 사라져 간다. 지금의 아픔을, 혹은 미래의 아픔을 예상하지 않고 나누는 대화들에 점점 집중이 되지 않는다.

_P.S._ 더즌이는 2020년 7월 12일 새벽, 하우스 보광 식구들이 지켜보는 가운데 편안한 곳으로 떠났습니다. 그가 투병을 시작한 뒤 쓴 열두 편의 글은 그의 브런치에 남아 있습니다. (https://brunch.co.kr/@leedozin) 많은 분들과 함께 읽고 기억하고 싶습니다.

무감각

나가야 되나..

나갈 이유가 있어야 나가는데

따응...

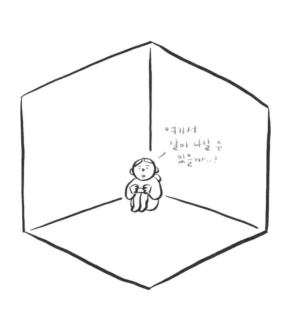

평범한 사람의 노래

지난주부터는 인천아트플랫폼에서 '평범한 사람의 노래'라는 이름의 수업을 시작했다. 앞으로 매주 일요일 인천에 가야 한다. 지난주에는 수업 시간을 잘못 알고 너무 일찍 도착해 버린 탓에 근처 여기저기를 구경하다 강의실 앞에 있는 소파에 누워 잠깐 잠도 잤다. 아침 10시에 일어나 준비하고 나왔는데 수업을 마치고 집에 돌아오니 저녁 8시였다. 인천은 멀고 서울보다 조금 더 추웠다. 이번 주에는 더 따뜻한 코트를 입고 가야겠다 생각했다.

수업에는 사오십 대 수강생도 몇 분 있었다. 보통 서울에서 수업을 하면 이삼십 대가 많은 분위기인데, 이번에는 지역 주민들이 무료로 들을 수 있는 수업이라 그런지 중년 수강생의 참여율이 꽤 높았다. 나의 수업은 항상 '자기 이야기'로 작품을 만드는 것이라 내 할 일은 수강생들이 자기 이야기를 꺼낼 수 있게 돕는 것뿐이다. 그런데 이번 인천 수업은 첫 시간부터 난관이 예상되었다.

예전에도 종종 겪어 본 중년의 수강생들은 그간의 오랜 사회 경험 때문인지 말솜씨 자체는 막힘이 없고 유려하다. 단어 선택도 무난하며, 어려운 말을 일부러 많이 쓴다거나 하는 일도 없다. 하지만 나는 언제나 중년의 수강생들에게 뭐라 말할 수 없는 벽을 느낀다. 그들은 '사회 연기'에 너무나 익숙하다. 특히 오랜 직장 생활을 했던 경우에 더 그렇다. 사회적으로 무난한 대화 방식을 너무 오래 써 온 탓일까. 막상 '자기 이야기'를 꺼내는 데는 어려움이 많지만 그 어려움을 무난한 단어들로 유려하게 무마한다. 몇 년 전 한 육십 대 남성 수강생은 결국 노래를 완성하지 못했다.

　이번 인천 강의의 첫 수업에서는 '나이' 이야기에서 한 분이 시간을 무척 오래 끌었다. 그분이 자신의 나이를 '지하철 몇 호선의 몇 번 차'라는 방식으로 밝혔을 때 나는 나이에 관해 얼마나 많은 사회적 억압이 있는지 생각할 수밖에 없었다. 무엇이 그가 나이를 밝히는 데 부끄러움을 느끼게 하는가. (사실 그 대답은 너무 뻔하다. 우리 주변에는 젊고 뛰어다닐 수 있는 힘을 가진 사람들만 눈에 띈다. 노인을 위한 나라는 명백히 아니다.)

　나는 '자기 이야기'를 하기 위한 간단한 지표로 수강생들에게 그들을 구성하고 있는 환경을 자주 묻는다. 어떤 이야기에서 막히고 어떤 이야기를 하고 싶어 하지 않으며, 어떤 사람의 이야기에서 화가 나거나 눈물이 나는지로 결국 그 사람의 이야기가 드러나기 때문이다. 내 수업을 들으러 오는 사람들은 어쩌면 '호구 조사'처럼 느껴지는 자기 환경을 설명하는 시간에 많이들 당황해한다.

하지만 결국, '지금의 나'를 설명하기 위해서 내가 어떤 지표들을 거쳐 왔는지, 어떤 경험들을 해 왔는지가 너무 중요하다는 것을 깨닫고, 제일 하고 싶지 않았던 이야기, 오랫동안 꺼려 온 이야기들을 어렵게 꺼내 그것들을 소리 내어 말하고 가사로 읊고 노래를 부르게 되곤 했다.

수업 중 수강생의 눈물이 터지고, 내 눈물도 터지는 순간도 종종 있었다. 나는 중년의 수강생들이 겪어 온 지표들이 너무 길고 오래되었으며, 그것들을 통과하며 그들이 자기를 방어하기 위해 연습한 '사회 연기'가 두꺼운 가죽처럼 그들을 감싸고 있는 것을 느낀다. 그 가죽은 내가 6주, 8주 만에 뚫고 들어가기엔 너무나 견고하고 그들과 내게 주어진 수업 환경은 빠듯하기만 하다. 우리는 어떻게 이 시간들을 지나게 될까. 이번 수업에는 작은 성공이라도 해낼 수 있을까?

이랑 선생님

나의 깃발에는

도쿄에서 출퇴근 시간에 트렁크를 가지고 전철을 타면 죄인이 되는 기분이다. 남에게 폐를 끼치지 않으려는 국민 의식이 강한 나라라서 더 그런 걸까. 트렁크를 들고 전철에 탄 나는 모두에게 폐를 끼치는 것일까? 하지만 사람들은 왜 한 사람이 차지해야 하는 크기를 '짐이 없고 팔다리를 자유롭게 쓸 수 있고 공간을 많이 차지하지 않는 크기'로 당연하게 생각하는 걸까. 짐이 많은 사람, 휠체어를 사용하는 사람, 임신부, 몸집이 큰 사람 등은 왜 '폐 끼치는 사람'이 되는 걸까. '모두가 이용하는 공공의 교통수단'이라는 말이 무색하다. '모두'의 의미를 모두가 착각하고 있는 것이 아닐까.

오늘 리무진 버스를 타고 공항에 가면서 창밖으로 목적을 알 수 없는 드넓은 자동차 트랙을 봤다. 트랙 주위로 하얀색 깃발 수십 개가 나란히 늘어서 있었다. 하얀색 깃발에는 각종 자동차 회사의 로고가 박혀 있었다. 차창 밖으로 깃발들이 펄럭이는 것을 구경하며 '깃발이라는 의미가 뭘까' 생각했다.

깃발. 2016년 겨울, 광화문 거리에서 깃발을 들고 나온 사람들을 부러워했던 기억이 난다. 원하는 말을 크게 쓴 천을 기다란 봉에 매달고 그것을 높이 들고 걷는 사람들. 커다란 천에 원하는 말을 써야 한다면 나는 뭐라고 쓸까, 그들을 보면서 여러 번 상상했었다. 그때 정확히 뭘 쓰겠다 생각했는지 기억나지는 않지만 방금 떠오른 건 '준이치'이다. 내가 사랑하는 생물. 이 세상에 존재하지 않게 될 날을 생각하면 그저 괴롭고 괴롭기만 한 이름. 나의 고양이의 이름이다. 광화문 거리에서 커다란 천에 준이치라고 쓰고 긴 봉에 묶어 걸어 다니고 싶다. 가방에 배지를 달거나 인형을 달 때도 그런 생각을 한다. 사람들이 가방에 단 액세서리로 무언가를 말하고 있다고. 나도 무언가를 말하고 싶어서 그런 것들을 단다. 오늘은 나쓰 상이 만든 노란색 인형을 배낭에 달았다. 이번 여정을 끝까지 기운차게 마치고 싶어 부적처럼 그렇게 달았다.

가방에 배지도 여러 개 붙였다 뗐다 하는데, 지금 붙이고 있는 배지는 올해 퀴어 퍼레이드에서 산 것이다. 'Gender is here ↑, not here ↓ (젠더는 여기에 있다↑, 여기가 아니라↓)'라는, 문장과 화살표 두 개가 그려져 있는 배지다. 젠더는 '생식기'의 문제가 아니라 '마인드'의 문제임을 알리는 배지다. 다양한 성 정체성과 지향성을 가진 친구들이 늘어나면서 나의 지식도 확장되고 있다. 아주 조금씩. 헷갈리는 것도 많지만 여러 가지 새로운 시선과 지평을 발견해 나가며 성장하는 기분에 스스로

뿌듯할 때가 많다. 사실 뿌듯하다는 말보다 '재미있다'는 말을 쓰고 싶다. 내가 모르는 것을 알게 해 주는, 자신의 경험으로 말하는 친구들 덕분에 재미있고, 고맙다.

여성 동료를 찾아서

오늘은 여성 뮤지션 다섯 명이 함께 모이는 회의에 다녀왔다. 그런 모임이 전에도 있었던가 곰곰이 생각해 볼 정도로 흔치 않은 일이었다. 일을 하면서 상대가 남성인 경우가 기본이었다. 음악 활동을 시작하면서 처음으로 들어간 모임도 딱히 성별 제한이 있는 건 아니었지만 모임의 90퍼센트 이상이 남성이었다. 무명이라 공연이나 행사에 불려 다닐 일이 없어 '음악 배달'이라는 콘셉트로 (나 포함) 다섯 명의 뮤지션이 중국집 전단지 같은 배달표를 만들어서 전화가 오면 어디든 공연을 하러 갔었다. 그때도 나 외의 네 명은 남성 뮤지션이었다. 일본에서 활동을 시작하면서 제일 먼저 사귀게 된 친구도 남성 뮤지션이었다. 그의 소개로 인디 뮤지션들이 모이는 카페 겸 바에 드나들면서 알게 된 친구들도 대부분 남성이었다. 그들의 여자 친구 몇 명을 알게 되긴 했지만 말이다.

날짜를 세어 보니 2019년은 365일 중 79일을 해외에 있었다. 놀러 간 경우는 한 번도 없었고 전부 공연 일정이었다. 단독 공연을 할 때도 있지만 공동 출연인 경우도 많고, 대담 행사도 여러 번 있었다. 그럴 때마다 상대가 남성인 경우가 90퍼센트 이상이었다. 뮤지션, 연극 연출가, 사진작가…… 일 년 동안 많은 남성 창작자들을 알게 되었고, 친구가 되기도 했고, 서로 좋은 영향을 주고받는 사이가 되었다. 하지만 언제나 의문이 들었다. 상대가 여성인 행사는 왜 없는 걸까. 어떤 날은 통역으로 동행한 친구에게 "어째서 항상 상대가 남성인지 모르겠다. 이 나라에는 여성 창작자가 없나 봐."라는 말을 한 적도 있다.

공동 출연자로 여성이 나타나는 경우가 드물지만 아주 없는 일은 아니어서, 그럴 땐 반가운 마음에 빨리 친해지려고 이런저런 말을 건네곤 했다. 하지만 좀처럼 쉽게 친해지기가 어려웠다. 어쩌다 보니 조심스러운 성격의 사람들만 내가 만났던 걸까. 일반화하기가 어려워 말하기도 너무 어렵다. 또 일반화인 것 같긴 하지만 음악뿐 아니라 내가 활동해 온 다양한 분야에서 원하든 원치 않든 몇 안 되는 여성들을 '라이벌' 구조로 엮는 것에 나도 선뜻 동참해 왔다. 무리의 대부분을 차지하는 남성 동료들에게 인정을 받는 것이 살 길이라고 생각했고, 그들이 인정하는 '다른 여자애들과는 다른' 여자애가 되고 싶어 했다. 하지만 내가 먼저 무리를 만드는 것은 참 어려웠다. 여자 동료들 사이에서는 '쭉 남자들이랑만 어울리는 애'였고, 남자 무리에서는 내가 남자가 아니었기에 리더십을 가지기가 어려웠다. 특이한 애, 미친년, 건드리면 좋을 게 없는 캐릭터로 불리는 것이 차라리 마음편했다. 그나마 덜 마초적인 남자애들 무리에서 대장처럼 구는 일이 많았다. 마초 갑옷을 입은 남성을 마주치게 되면 아예 그 성향을 이용하기도 했다. 다짜고짜 '오빠가'라는 어법을 구사하는 남성에게는 "그래 오빠, 난 다 모르니까 네가 이거 다 해 주세요." 하며 책임을 전가하는 방식을 썼다. 한국에서 활동하면서, 역시 무명 시절엔 네다섯 밴드가 짧게 출연하는 공연에 많이 불려 다녔기에 여성 뮤지션들을 만날 기회도 종종 있었다. 하지만 이미 어울리고 있던 남성 뮤지션들이 많았기에 굳이 가까이 가서 친해질 기회를 만들 생각이 없었다.

이제 와 생각하면 아쉬운 나날들이었다. 모두가 페미니즘을 공부하고 반성하고 누군가는 지난 실수로 활동을 접고, 나타나지 않던 목소리가 들리기 시작하며 조금씩 생긴 변화가 내게도 크게 다가왔다. 가장 큰 변화는 내게 다시 한번 여성 동료들을 만날 기회가 생긴 것이다. '강남역 살인 사건' 이후 여성들이 주최하는 집회에서 노래를 불렀던 날은 내게 중요한 날이 되었다. 당시 나는 가까운 남성의 폭력과 스토킹으로 밖에 잘 나가지 못하고 있었다. 집회에 나가고 싶었지만, 그마저도 용기가 나지 않았었다. 그런데 주최 측에서 노래를 하라고 불러줘서 너무 기뻤다. 그 사람들 앞에서 노래한다면, 그 자리에서 내 얼굴과 내 모습을 본 사람들이 다른 곳에서 나를 봐도 나를 지켜 줄 것 같았다. 오히려 혼자 조용히 집회에 참여하는 것보다 얼굴을 내놓고 나가 노래하는 게 더 안전할 것 같았다. 그래도 역시 무서워 보디가드 역할로 남성 친구 두세 명을 동행해 그 자리에 나갔다.

몇 년 뒤, 동료 여성 뮤지션에게서 그날에 대한 이야기를 듣게 되었다. 그도 당시 그 자리에 나와 달라고 초청을 받았다고 한다. 하지만 용기가 나지 않아 고민하다 거절을 했고, 이후 내가 그 자리에서 노래를 불렀다는 걸 알게 되었다 했다. 그다음부터는 '그래 나도 한다!' 하고 용기를 내게 되었다며 그때 그 자리에 나가 주어 고맙다고 내게 이야기했다. 그날 우리는 같은 지방 공연에 공동으로 출연을 한 뒤였다. 그 전날엔 서울에서 연예인 설리와 구하라의 죽음을 추모하는 집회가 열렸었다. 그 집회에서 노래를 불러 달라고 요청이 왔었는데, 그때 나는 다음 날의 지방 공연을 위해 내려가는 기차표를 미리 사 놨기 때문에 갈 수가 없었다. 내게 '강남역 살인 사건' 집회에서 노래해 주어 고맙다고 말한 동료 뮤지션이 그날 그 행사에 참석해 노래를 부르고 다음 날 아침 기차로 지방에 내려왔다. 나는 그가 거기에 다녀와 준 게 너무 고마웠다. 이런 게 바로 동료를 만나는 기분일까 생각이 들었다. 한국에서도 자주 가는 일본에서도 더 많은 여성 동료를 만나고 싶다.

앨리바바와 30인의 친구친구

　　　　　　　　2019년 3월 친구의 암 투병 소식을 듣고 제일 먼저는 엉엉 울었지만, 곧 당사자 앞에서 울음을 터트린 것에 대해 반성하면서 '어떻게 도울 수 있을까'를 고민하기 시작했다. 가능하면 한 번의 도움이 아닌 지속 가능한 도움을 생각해야 했다. 지인의 뇌종양 투병을 돕고자 일본에서 밴드 20팀이 모여 후원금 모금 공연을 한 적이 있는데 일회성 이벤트를 통한 도움은 품만 많이 들지 긴 호흡의 도움이 될 수 없다는 한계를 느꼈기 때문이다. 지속적으로 그리고 혼자가 아닌 방법을 생각하다 친구를 돕고 싶은 사람들을 모아 함께 메일링 서비스를 시작하면 어떨까 하는 아이디어가 떠올랐다. 먼저 알고 지내던 세 명의 편집자에게 차례로 전화를 돌렸다.

함께 모여 어떤 사람들과 얼마만큼의 기간 동안 메일링 서비스를 할 수 있을지 고민했다. 친구가 SNS를 통해 암 소식을 알렸을 때 달린 응원의 댓글을 살펴보며 연재자로 참여할 만한 사람들을 추려 보았다. 나 혼자의 머리가 아니라 여러 분야에서 활동하는 편집자, 작가들이 모이니 추천에 추천이 꼬리를 물고 수십 명의 작가 리스트가 금세 완성되었다. 생각보다 수가 너무 많아서 원래는 몇 명이 돌아가면서 연재를 하자 했던 것이 매일 다른 작가가 참여해도 넘칠 정도였다. 결국 한 달에 30일밖에 없으니 작가를 30팀으로 추리기로 협의했다.

하지만 30팀의 작가와 우리들이 이 일을 얼마나 지속할 수 있을까. 암 투병에는 나와 친구들의 형편으로는 쉽게 감당할 수 없는 단위의 돈이 당장 필요했다. 구독자가 얼마나 모일지는 모르겠으나 한두 달로는 그렇게 지속가능한 도움이 될 것 같지 않아 '시즌 1'이라는 이름을 붙이고 6개월간 지속해 보기로 했다. 매일매일 다른 작가들이 글이나 사진, 믹스트랙, 만화, 레시피 등을 제공했고 독자들에게 그 소식을 전송했다. 구독료의 1퍼센트는 각 작가와 스태프에게 보내고, 남은 돈은 전부 치료비로 후원했다. 막상 서비스를 시작하려니 회계도 필요했고 디자이너도 필요했고 홍보 영상도 필요했고 오디오북을 읽을 성우도 필요했고 해외에서 보내오는 원고의 번역자도 필요했다. 그럴 때마다 추천과 추천을 받아 인력을 채워 나갔다.

프로젝트명은 '앨리바바와 30인의 친구친구'라고 지었다. 회의 때 한 편집자가 매일 밤 이야기로 자신의 목숨을 구했던 『천일 야화』의 셰에라자드처럼 우리들도 이야기로 누군가를 구할 수 있다면 좋겠다는 말을 꺼냈기 때문이다. 『천일 야화』의 유명한 이야기인 알리바바와 40인의 도적은 아니지만, 30일간 매일 이야기를 보내 주는 30팀의 작가가 있기에 30이라는 숫자를 넣고 싶어 '앨리바바와 30인의 친구친구'라는 이름으로 정했다. 30팀의 작가를 묶을 수 있는 주제가 무얼까 생각했다. 참여 작가들에게 먼저 어떤 이야기를 하고 싶은지 묻고 연재작 제목과 내용을 살펴보았지만 카테고리를 만드는 것은 쉽지 않았다.

구독자 모집 글을 쓰면서는 '아픔에 대해 이야기하고 싶습니다.'라는 제목을 붙였다. 작가들 모두 각자의 이야기를 하고 있고, 딱히 '아픔에 대해 이야기해 주세요'라는 요구를 하지도 않았지만 우리 모두 각자의 아픔을 가지고 오늘을 살아간다고 생각했기 때문이다. 병으로 아픈 사람, 사회에서 소외돼 아픈 사람, 기억으로 아픈 사람, 노동으로 아픈 사람.

나는 암 투병을 하는 친구의 옆에서 어떤 것들을 보고 듣고 느끼는지 쓰기로 했다. 다음 주면 낫겠지, 하는 병이 아니라 길게 안고 가야 하는 병을 겪는 사람이 가까운 친구 중에 생긴 것은 처음이었기 때문에 그 과정들을 기록하고 싶었다. 이 기록이 누군가에게 도움이 되었으면 하는 바람도 있었다.

서비스를 시작하고 마감일에 속속 도착하는 원고들을 읽을 때면 마음이 벅차올랐다. 모두들 어찌나 열심히 오늘을 살고 있는지. 비록 몸이 아프고 기억이 아프고 노동이 아파서 본인 말로는 '아무것도 하지 못한다'고 하는 글에도 그들이 오늘을 어떻게 살아 내고 있는지 저리도록 공감할 수 있었다. 어떤 일을 하며 살아야 하는지 어떤 공간에서 일을 해야 하는지, 일을 할 때 혹은 쉴 때 어떤 음악을 들을지 함께 이야기하고 고민해 주어서 고마웠다. 그 감사한 마음을 비록 1퍼센트의 적은 돈이지만 정확하게 나누어 주기 위해 나와 회계 담당자 두 명이 힘을 모아 매달 말일에 계산기를 두드리고 두드리고 엑셀을 들여다보고 또 보았다.

2~3개월의 준비 기간을 거쳐 시작한 서비스가 출발하고 한두 달도 되지 않아 (작가로도 참여하는) 운영팀 모두 상당한 양의 업무에 지치기 시작했다. 나 또한 마

우스 클릭을 너무 많이 해서 손가락과 손목에 피로가 쌓여 압박 붕대를 감고 일을 해 나갔다. 하나의 잡지사를 운영하는 것과 별반 다르지 않을 업무량이었지만 모두들 총 구독료의 1퍼센트를 받는 것 외에 이 일로 인한 수입을 챙기지 않았기에 지쳐 가는 운영진의 모습을 보는 게 무척 괴로웠다. 좋은 의의를 가지고 작은 수고료에 상당한 업무를 수행하는 여러 활동가들 생각도 많이 났다. 제일 처음 이 일을 제안한 게 나였기에 함부로 힘들다고 말하기도 어려웠다. 이 서비스로 도움을 받고 있는 친구에게 걱정을 끼칠까 봐 걱정이었고, 안 그래도 지쳐 가는 운영진들이 나 때문에 더 지칠까 봐 걱정이었다.

결국 준비를 시작한 3월부터 서비스 마지막 날인 11월 30일까지 그야말로 하루도 쉬지 않고 이 프로젝트 관련 업무를 해냈다. 해냈다고 해서 그저 '잘했다, 기쁘다' 하는 마음만 들었던 것은 아니다. 하도 여러 가지 생각을 했기에 말로 정리하는 것조차 어렵다. 어떻게 하면 누군가에게 도움이 되면서 그 일을 수행하는 사람들도 지치지 않게 일할 수 있을까. 그 질문이 시작부터 지금까지 남아 있다.

제일 하고 싶지 않은 말은, '아프지 말자'였다. 모두 각자의 아픔으로 하루를 버티고 있는 상황에 어떻게 그 모든 게 없던 것처럼 '아프지 말자'고 말할 수 있을까. 그렇다면 어떤 말을 하면 좋을까. 조금이라도 덜 아팠으면 좋겠다? 조금이라도 쉴 시간이 있으면 좋겠다?

사실 프로젝트 중반에 몇 번이고 했던 말은 "너무 힘들면 완주하지 맙시다."였다. 포기하고 쉬고 그만두는 것도 선택지 중의 하나라고 믿고 싶었다. 그럼에도 모두가 11월 30일 마지막 날까지 완주했다. '완주하지 말자'는 말이 그저 마지막까지 달릴 수 있도록, 사기를 북돋아 주기 위한 말로 들렸을까 봐 그것도 걱정이었다. 걱정과 걱정 때문에 함께해 준 모든 사람에게 할 수 있는 말이 점점 없어졌다. 고맙다는 말과 미안하다는 말을 수도 없이 반복했다. 책임을 지는 자리에서는 이 말을 많이 할 수밖에 없다는 것을 또 느끼게 된다.

음악 활동을 함께하는 밴드 멤버들에게도, 드라마 현장 스태프들에게도, 그리고 '앨리바바' 참여진들에게도 고맙다고 미안하다고 말하고 집에 돌아오면 입을 꾹 닫고 누워 있게 된다. 나는 어떤 일을 할 수 있는 사람일까. 어떤 일을 하고 있는 사람일까.

그럼에도 계속 남의 이야기를 듣고 싶다. 이야기가 끝난 뒤의 이야기도 궁금하다. 이야기를 듣는 것을 참을 수가 없고 중단할 수가 없겠다는 생각이 든다. 이 일이 끝난 뒤에는 또 조금 쉬고 다른 이야기를 찾아 나갈 것만은 분명하다.

오직 뛰어오르는 사람

영상 작가이면서 소설가이면
서 에세이스트이면서 페미니스트이면서 선생님이면서
준이치 엄마이면서 만화가이면서 음악가인 정체성을
모두 유지해 나가는 것이 쉽지 않다. 지난 3월부터 '앨리
바바와 30인의 친구친구'를 기획하고 업무를 시작하면
서부터는 그간 안 해 본 것들도 새롭게 해내고 있다. (예
를 들면 엑셀이랑 엑셀…….) 주변에서 나를 자주 칭찬
하거나 비판하는 '여러 가지 일을 동시에 하는 이유'에
대해서는 항상 똑같은 대답을 한다. 생활을 유지하기 위

해서. 여기서 생활이라 함은 곧 돈을 뜻한다.

　지난달 도쿄에서 일을 마치고 돌아오는 비행기에서 북토크 준비로 버지니아 울프의 에세이 『자기만의 방』을 급히 완독했다. 몇 년 전 사 두고 펼치지 않은 책을 일 때문에 급히 완독했다는 사실이 지금 나의 상황을 잘 설명하는 것 같다. 버지니아 울프는 여성 작가에게 연 500파운드의 돈과 자기만의 방이 있을 때 어떤 자유가 생기는지 말하고 있었다. 방해받지 않고 오직 뛰어오를 것만을 생각하는, 슬픔과 분노에 차 있지 않은 여성 작가는 어떤 글을 쓰게 될까. 과연 잘 상상이 되지 않았다. 돈과 시간과 여유가 있는 나 자신의 모습이 말이다.

　분노에 차 있지 않은 나는 이야기를 만들 수 있을까. 나의 수많은 어제는 분노와 함께해 왔다. 나에게 상처를 준 가족, 그 상처에 대해 가족 구성원 모두가 성인이 되어서도 함께 이야기할 수 없는 것에 대한 분노. 가족 대신 우정과 연애에 집착하고 몰두했지만, 거부당하거나 이별을 겪을 때 느꼈던 당황스러움과 슬픔. 교육 시스템에서 벗어나 사회에 나온 뒤론 일을 해도 마땅한 대가를 받지 못한다는 것에 대한 분노가 가장 컸다. 신에 대해서는 더 말할 것도 없다. 이런 것들이 나를 말하게 하고 만들게 하는 원동력이었고 지금도 그렇다.

어제는 모지민이 내 작업실에 찾아와 시 낭독을 녹음하고 돌아갔다. 녹음을 하기 전 함께 밥을 먹고 걸으며 '작두 타는 느낌'에 대해 이야기를 나눴다. 무대에서 작두를 탄다는 모지민은 그래 본 적이 없다는 내게 그 아름다운 순간을 어째서 느끼지 못하냐며 하염없이 안타까워했다. 나는 무대에서 작두 타는 느낌을 한 번도 느껴 본 적이 없다. 내 모든 활동은 급히 '돈'으로 환산하기 위한 노력이고, 계산이기 때문이다. 돈에 여유가 있어 본 적이 없기 때문에 사람들이 지불하는 돈 1만 원의 가치가 무섭다. 어떤 표정과 움직임으로 노래를 효과적으로 관객에게 전달할 수 있을지, 노래가 끝난 뒤 어떤 이야기를 건네고 어떻게 사람들을 웃게 할지. 노래를 부르는 중에 그런 것들을 머릿속으로 연신 굴리느라 노래에 푹 빠져 있을 수가 없다.

지난 일본 공연에선 동료 뮤지션에게 '아티스트답지 못하다'는 비난을 들었다. 끊임없이 계산해서 움직이며 관객을 만족시키려는 내 모습이 그렇게 비쳤나 보다. 그는 무대에서 가사가 아닌 말은 단 한마디도 내뱉지 않는 사람이고, 나는 노래 앞뒤로 끊임없이 관객에게 말을 거는 사람이다. 사람들이 내게 관심을 주는 것이 여전히 낯설고, 그 관심엔 언제나 한계와 대가가 있을 거라고 생각한다. "너는 너니까. 너는 빛나는 사람이니까 네가 무대에 서 있는 것만으로도 사람들은 기뻐할 거야." 그렇게 말하는 사람도 있다. 하지만 나는 여전히 내가 받는 돈을 생각한다. 그 가격에 손실이 없을 행동을 하자고 다짐한다. 그렇기에 한 번도 마음을 놓고 '무대를 즐겼다'고 생각한 적이 없다. 무대는 '업무'이고, 긴 업무가 끝나면 그저 피로감이 있을 뿐이다. 나도 언젠가는 작두를 탈 수 있을까. 어떤 사람이 그걸 타는 것일까.

지난주부터 서울에 공연차 방문한 오리사카 유타라는 친구와 매일 만났다. 나는 밖에 잘 나가지 않기 때문에 그가 거의 매일 밤 내 작업실에 놀러 와 주었다. 첫날에는 딱히 뭘 하면 좋을지 모르겠어서 한국 레전드 가수를 알려 주겠다며 유튜브를 켰다. 박근혜 퇴진 6차 범국민 행동 집회 때 한영애의 '조율' 무대를 보여 주었더니 매우 좋아했다. 이후 전인권, 김광석, 송창식, 김완선 등의 무대도 보여 주었는데 그중 한영애가 제일 좋았다며, 그 노래를 같이 불러 보고 싶다 하였다.

그날 밤은 가사를 발음 나는 대로 히라가나로 적어 불러 보는 데서 그쳤지만, 매일 이야기가 더해지고 더해져 결국 한강에서 함께 노래하는 영상을 찍자는 데까지 갔다. 그렇게 영상을 찍는 날까지 한국어를 못하는 유타에게 발음 연습을 시키며 매일 밤 노래를 불렀다. 처음 듣는 노래를 자유롭게 부르는 그와 달리 나는 며칠 동안 이 노래를 어떻게 불러야 할지 전혀 감을 잡지 못했다. 연습 마지막 날 새벽. 그가 노래를 부르는 모습을 무심

코보다 뭔가를 깨달았다. 그동안 나는 함께 불러야 한다는 강박에 계속 그를 쳐다보면서 노래를 불렀는데, 그는 전혀 나를 보지 않고 있었다. 어딘가에 파고들어 집중하는 모습이었다. 눈을 감고 있을 때도, 뜰 때도 있었지만 그 시선이 정확히 어딘가를 향해 있지 않았다. 앗! 하는 기분이 들어 기타를 케이스에 집어넣는 유타에게 마지막으로 한 번만 더 불러 보자고 했다. 그러곤 주변에 보이는 모든 것을 신경 쓰지 않고 오직 들리는 소리에만 집중해 노래를 불렀다. 노래가 끝나자 곧 '노래를 불렀다'는 기분이 찾아 들었다. 작두 타는 기분까지는 아니었지만 노래 부르는 것만 생각하고 노래를 불렀다는 게 너무 기분 좋았다. 내가 노래를 부르며 이런 기분을 느꼈던 적이 있었나? 있었더라도 언제인지 기억나지 않으니, 처음 느꼈다고 해도 무방할 것 같았다.

버지니아 울프가 말했던 '방해받지 않고, 오직 뛰어오를 것만을 생각하는' 상태란 이런 걸까? 그와 함께 노래를 부른 것을 계기로, 돈과 시간과 여유가 있는 나 자신에 대해 조금 더 구체적으로 상상할 수 있게 되었다. 분노에 차 있지 않아도 이야기를 만들고 노래를 부를 수 있을 거라는 상상을 하니 매우 기뻤다. 그리고 매 순간 아무것에도 방해받지 않는 것처럼 무대에서 뛰어오르는 오리사카 유타와 내 사랑하는 친구 모지민에게 엄청난 존경심이 들었다.

근데 그렇게 생각하면 관객들은 '방해받지 않고 오직 뛰어오르는 것'을 보기 위해 공연장을 찾는 걸까? 만약 그렇다면 내 공연에 와 줬던 관객들께 너무 죄송하다. 앞으로 나는 방해받지 않고 오직 뛰어오르는 모습을 무대에서 보여 줄 수 있을 것인가. 더 많은 상상을 구체적으로 해야겠다. 그리고 무엇보다 연습을 해야겠다.

내 친구들은 평안한 하루를 보내고 있을까

나고야에서 공연을 마치고 홋카이도에 와 있다. 나고야는 30도를 웃도는 뜨거운 날씨였는데, 이곳 홋카이도는 굉장히 서늘하다. 두 지역의 온도 차는 15도 정도 되는 것 같다. 나고야 공연은 '어셈브릿지 나고야(Assembridge NAGOYA)'라는 작은 지역 페스티벌의 일환으로 항구 근처 지역 주민들의 휴게 공간에서 진행했다.

같은 기간 나고야 시내에서는 '아이치 트리엔날레'라는 일본 최대 국제 예술제가 열리고 있었다. 트리엔날레의 여러 기획전 중 '표현의 부자유전'에는 평화의 소녀상이 포함되어 있었다. 그러나 전시 3일 만에 극우 인사들의 협박과 일본 정부의 압력으로 전시가 중단되었다. 나고야에 오기 전, 소녀상 전시를 중단한 아이치 트리엔날레의 연계 행사에 출연하는 것이 아니냐는 걱정 어린 피드백을 들었었다. 도쿄에서 나고야로 공연을 보러 오려는 사람들 중 그렇게 생각하는 사람이 있다는 이야기를 듣고, 같은 나고야에서 열리는 행사이기에 그렇게 보일 수도 있다는 걸 그제야 깨달았다. 그렇다면 공연 전에 내 공연은 소녀상 전시를 중단한 아이치 트리엔날레와 관계가 없다는 것을 알려야 하는 걸까? 아니면 공연 중에 말해야 하는 걸까? 공연 때 내가 소녀상 전시 중지에 대해 어떻게 생각하는지, 위안부 문제에 대해 어떻게 생각하는지 말해야 할까? 그것은 단지 내가 나고야라는 지역에 왔기 때문에? 그나저나 나는 '발언'을 하려고 공연을 하는 걸까? 아니면 정해진 노래만 잘 부르면 되는 걸까? 별별 질문들이 인천에서 나고야로 향하는 비행기 안에서 머릿속에 쏟아졌다.

서울 집을 떠나기 전 공연 의상으로 종종 입는 하얀 블라우스와 긴 검정 치마를 챙겼다. '유관순 의상'이라는 별칭이 붙은 이 의상은 흰 저고리와 검정 치마의 한복을 연상시키기에 소녀상이 입고 있는 치마저고리와도 비슷하게 보였다.

공연 이틀 전 나고야에 도착해서 '어셈브릿지 나고야' 기획자들과 함께 시간을 보냈다. 1988년 올림픽 유치를 두고 서울과 경쟁했던 나고야가 '호돌이'에게 패배, 올림픽을 준비했던 예산으로 동물원을 세우고 1989년 나고야 세계디자인박람회를 크게 연 것을 시작으로 미술, 문화 행사를 자주 개최하고 있다는 사실도 알게 되었다. 올림픽 유치에 실패한 덕에 예술 도시로 거듭나 삼 년에 한 번씩 일본 최대 규모 예술제인 아이치 트리엔날레를 개최하고 있고, 바로 그곳에서 소녀상 전시가 중단된 것이었다. 어셈브릿지 나고야의 기획전에는 88년 올림픽 유치를 위해 만들어 두었던 '88 나고야 올림픽' 로고와 포스터, 팸플릿 등이 전시되어 있었다. 한국과 일본이 많은 것들로 연결되어 있다고 느꼈다. 전쟁으로도, 식민지 종주국과 속국으로도, 올림픽 유치 경쟁국으로도. 그리고 문화 교류국으로도 말이다.

공연 당일, 첫 곡을 시작하기 전부터 '언제 무슨 말을 해야 할까' 머릿속으로 계속 생각을 굴렸다. 하도 생각이 많아 곡과 곡 사이 별 멘트를 하지 못하고 중반까지 그냥 노래를 쭉 이어 불렀다. 내 공연에서는 잘 일어나지 않는 일이다. 거의 마지막 곡까지 그렇게 별말 없이 공연을 이어 가다 '임진강'을 부르기 전 좀 길게 이야기를 했다. 비행기 안에서 생각했던 고민과 질문들을 그냥 읊었다. 어떤 피드백이 있었고, 그래서 어떤 고민들을 하다, 어떤 결론도 못 내렸지만 일단 치마저고리풍의 의상을 준비해서 입고 오게 되었다고. 그리고 이런 얘기를 공연에서 하는 것이 옳은지 그른지도 잘 모르겠지만 말 없이 노래만 부르고 내려가기엔 머리가 이런저런 생각으로 꽉 차 말을 안 하는 것도 힘들어서 그냥 말을 하고 있다고. 나는 말을 하는 사람인지, 말과 노래를 하는 사람인지, 노래를 하는 사람인지, 정치를 하고 싶은 사람인지 잘 모르겠다고. 말을 하다 보니 눈물이 나올 것 같았는데 울면 또 너무 사연 있어 보일까 봐 꾹 참고 '임진강'을 부르기 시작했다.

　나중에 알게 되었지만 어떤 이유에서인지 첼로 멤버인 혜지도 눈물이 나오려는 걸 계속 참고 있었다던데 만약 무대에서 혜지도 울고 나도 울었다면 (이유는 서로 다르겠지만) 도대체 어떤 무대로 남았을까 싶기도 하다. 단 3일 동안이었지만 어셈브릿지 나고야 기획자들과 아티스트들과 또 공연에 와 준 관객들과 교류하면서 아주 많은 것들을 생각하고 또 배울 수 있었다. (아이치 트리엔날레에서 평화의 소녀상 전시가 중단된 뒤 해외는 물론 일본 내에서도 비판이 거세게 일었고, 논란 끝에 폐막 일주일을 앞두고 소녀상 전시는 재개되었다.)

그리고 지금 나는 이 글 처음에 언급한 것처럼 홋카이도에 와 있다. 이곳은 '클럽 메드'라는 산 속 깊은 곳에 있는 유명한 휴양 리조트이고 여기서 3일간 열리는 '에코 뮤직 페스티벌'에 공연자로 초청을 받았다. (뭐가 에코인지는 잘 모르겠다. 그냥 리조트 여기저기 에코라고 쓰여 있을 뿐.) 공연 초청을 받았을 때, 당최 어떤 곳에 불려 가는 것인지 모르겠으나 일단 페스티벌이 열리는 기간 동안 숙식을 제공받을 수 있었기에 올해의 휴가라고 생각하고 초청을 승낙했다. 공연 때마다 옆에서 고생하는 멤버들도 함께 휴가를 보내면 좋을 것 같았다.

삿포로 공항에서 한 시간 반 정도 차를 달려 산 속 깊은 곳에 있는 리조트에 도착해 보니, 이곳이 가족 단위로 여러 레포츠를 경험할 수 있는 휴양 리조트라는 것을 알 수 있었다. 서커스, 산악자전거, 게임, 운동, 수영, 장작패기 그리고 스파까지. 3층에 있는 넓은 바에서는 하루 종일 디제잉과 여러 공연들이 펼쳐졌고, 그중 내 순서는 저녁 6시로 예정되어 있었다. 가족 단위 손님들은 모두들 야외 레포츠와 배 터지게 먹을 수 있는 뷔페를 즐기느라 바에 잘 오지 않았다. 텅 빈 바의 분위기와 전혀 어울리지 않는 높은 텐션의 사회자가 "레이디스 앤 젠틀맨, 랭리 프롬 코리아!"라고 외치자 바의 직원 몇몇과 기획자 몇몇이 박수를 쳤다. 바의 공짜 음료를 마시러 왔다 갔다 하는 열 명 정도 손님들이 간간이 박수를 쳐 주었지만, 리허설 무대처럼 썰렁한 분위기 속에서 공연을 하려니 40분이 400분처럼 느껴지고 힘이 나질 않았다. 무대가 끝나면 먹을 수 있는 뷔페를 생각하며 끝까지 버텼다.

생각할 거리가 끊이지 않는 서울 생활과 여러 이슈가 동시에 벌어지고 있던 나고야에서의 3일을 보내고 구름이 안개처럼 낮게 깔린 산 속에서 이 글을 쓰고 있다. 풍경은 여유롭고 아름다워 보이지만 생각하는 습관이 지독하게 든 내 머리는 보고 듣는 모든 것에 질문하고 생각하고 고민하느라 여전히 바쁘다. 저 짧게 정돈된 잔디는 몇 날 몇 시에 깎이는 것이기에 깎는 사람이 3일 동안 보이지 않을까. 유난히 텐션이 높은 이 리조트 직원들은 원래부터 '인싸'인 걸까 아니면 대기실에서 혹은 퇴근 후에는 다른 사람과 말 한마디 섞고 싶지 않을까. 관객이 전혀 볼 생각이 없는 3일 간의 음악 페스티벌을 기획한, 일본에 사는 백인 공연 기획자는 내 공연을 자기 혼자 감상하려고 부른 걸까, 아니면 내게 좋은 리조트를 경험시켜 주며 호의를 표하려고 부른 걸까. 세상의 모든 것이 의미 있는 것 같으면서도 동시에 무엇도 의미 없게 느껴지기도 해서 무엇에 집중하고 어디다 마음을 두어야 할지도 잘 모르겠다.

내 친구들은 평안한 하루를 보내고 있을까.

좋아서 하는 일에도 돈은 필요합니다

초판 1쇄 발행 • 2020년 8월 6일
초판 2쇄 발행 • 2020년 9월 28일

지은이 • 이랑
펴낸이 • 강일우
책임편집 • 이현선
조판 • 박지현
펴낸곳 • (주)창비
등록 • 1986년 8월 5일 제85호
주소 • 10881 경기도 파주시 회동길 184
전화 • 031-955-3333
팩시밀리 • 영업 031-955-3399 편집 031-955-3400
홈페이지 • www.changbi.com
전자우편 • ya@changbi.com

ⓒ 이랑 2020
ISBN 978-89-364-5932-1 03810